U0856685

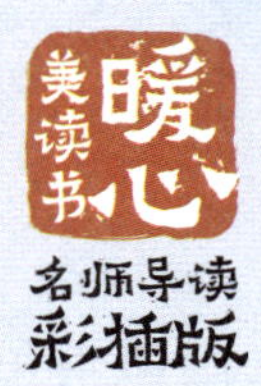

名师导读
彩插版

丁香结

宗璞 著
柳恩铭——导读

长江出版传媒 | 长江文艺出版社

阴历二月，它们已探头探脑地出现在地上，然后忽然一下子就成了一大片。一大片深紫浅紫的颜色，不知为什么总有点朦胧。房前屋后，路边沟沿，都让它们占据了，熏染了。看起来，好像比它们实际占的地盘还要大。微风过处，花面起伏，丰富的各种层次的紫色一闪一闪地滚动着，仿佛还要到别处去涂抹。

小花有些狡猾，心眼儿多，还会使坏。一次我不在家，它要仲给它开门，仲不理它，只管自己坐着看书。它忽然纵身跳到仲膝上，极为利落地撒了一泡尿，仲连忙站起时，它已方便完毕，躲到一个角落去了。“连猫都斗不过”，成了一个话柄。

风又从废墟上吹过，依然发出“留——留——”的声音。我忽然省悟了。它是在召唤！召唤人们留下来，改造这凝固的历史。废墟，不愿永久停泊。

小桥下忽然飞出一盏小灯，把黑夜挑开一道缝。接着又飞出一盏，又飞出一盏。花草亮了，溪水闪了。黑夜活跃起来，多好玩啊！我大声叫了："灯！飞的灯！"回头看家里，已经到处亮着灯了，而且一片声在叫我。我挣下地来，向灯火通明的家跑去，却又屡次回头，看那使黑夜发光的飞灯。

暖心美读书（名师导读彩插版）

高端选编委员会

相信精神，相信文学的力量

——《暖心美读书（名师导读彩插版）》总序

王泉根

阅读决定高度，精神升华成长。

阅读是生命的重要组成部分。人生的阅读史就是给生命打底的历史、精神发展的历史。在今天这个网络阅读、手机阅读、图画阅读已经成风的多媒体时代，图书阅读依然显得十分重要，静静地捧读书本的姿态，依然是一种最迷人、最值得赞美的姿态。

少年儿童的精神生命如同夏花般蓬勃开放生长。认知、想象、情感、道德、审美、智慧，是给少年儿童精神生命打底的重要内容，也是阅读的重要内容。从优美的、诗意的、感动我们心灵的文学经典名著中，感悟道德的力量、审美的力量、艺术的力量、语言的力量，保卫想象力，巩固记忆力，滋养我们精神生命的成长，这是文学阅读的应有之理，应获之果。

长江文艺出版社奉献给广大小读者、同时也适合大读者阅读的这一套文学精品书系，我更愿意把它作为“经典”来解读。

界定“经典”是难的,如同界定“美”是难的一样。我曾在一篇文章中，对“文学经典”做过如下表述:“所谓文学经典,就是那些打败了时间的文字、声音、表情，那些影响我们塑造人生，增加底气，从而改变我们精神高度的东西。”显然，文学经典是可以装进我们远行的背囊，陪伴我们一生的。因为，人的一生，在任何年龄，任何时空，都需要增加底气，增加精神的高度，这样的人生才不会在时间的潮汐中虚度遗恨。

经典阅读既是高雅的阅读行为与文学享受，但同时也是一种人文素养的养成性教育。对于一个正在发育和成长中的少年儿童来说，单有学校的教材教育是远远不够的。成长中的少年儿童，正处于“多梦的年代”，也处于“多思的年代”，他们正在逐步形成独立思维和个体情感，对自己所处的环境和未来发展需要有客观的认识与准备，需要养成积极乐观的人生态度、抗拒挫折的意志和能力，当他们今后走上社会与职场，独立面对自己的现实，独立承受自己的未来时，才不会茫然失措、无从应对。而这些精神“维生素”与人生智慧，往往深藏在经典名著之中。因而经典可以使人终身受益，在人的一生中发挥潜移默化的精神灯火作用。

长江文艺出版社奉献给广大读者朋友的这一套《暖心美读书（名师导读彩插版）》，从文学史、精神史、阅读史的维度，萃取百年中外文学经典名著于一体，立足于少年儿童的阅读接受心理与精神追求，邀请名师进行导读，邀请画师配以精美插图，从选文内容、文学品质、文体类型、装帧设计、图文配制等各个环节，都做到了目前能做到的“最高”功夫，可以说这是一套为新世纪的读者特别是广大少儿读者“量身定做”的文学精粹。

耶鲁学派的代表人物布鲁姆说：“没有经典，我们就会停止思考。”经典的永恒价值在于凝聚起现实与历史、人生与人心、上代与下代之间向上向善向美的力量！

有一种力量，让成长充满审美。有一种力量，让青春刚柔并济。有一种力量，让梦想不再遥远。有一种力量，让未来收获吉祥。幻想激活世界，文学托举梦想。相信阅读，相信精神，相信文学的力量。

2017 年 2 月 9 日于北京师范大学文学院

哲学散文·诗意童话·情怀小说

柳恩铭

浏览网页、刷微信、看短信的快餐文化时代，长江文艺出版社的同仁们聚精会神编辑了这套《暖心美读书》（名师导读美绘版），给浮躁的社会以安静，给狂躁的心灵以安抚，给冰凉而荒芜的灵魂以温暖和绿色，使命自觉与文化担当，感人至深。我欣然允诺，为其中宗璞先生的《丁香结》写几行文字。

宗璞，原名冯钟璞，著名哲学家冯友兰先生的女儿。原籍河南唐河县，1928 年生于北京，1951 年毕业于清华大学。1948 年起发表作品，著有长篇小说《南渡记》《东藏记》，中篇小说《三生石》，短篇小说《鲁鲁》《红豆》，散文集《宗璞散文选集》《铁箫人语》等，此外宗璞先生也写了不少童话、诗歌，并有不少翻译作品。这一次共选了宗璞先生的散文 16 篇，童话 11 篇，小说 5 篇。

宗璞的散文蕴含着哲学智慧。宗璞的父亲是中国大哲学家，家学血脉对宗璞的散文创作或许有某种潜在的浸润，所以，宗璞的散文富有理性色彩，哲学智慧是宗璞散文独一无二的审美特征。《紫藤萝瀑布》以花之命运喻人之命运，歌颂生命力的顽强与旺盛。《丁香结》告诉读者，没有“结”的人生不存在，不幸福，不完美。《好一朵木槿花》，作者以木槿的平庸，躲过了人间浩劫，告诉读者人生的平淡平凡是一种生存的大智慧。《秋韵》启发读者，秋韵是大彻大悟，在此刻，在这里，在心头，颇有禅宗哲学味道。《报秋》中的玉簪花，生命力极强，随便种种，总会活的；不挑地方，不拣土壤，而且特别喜欢背阴处，把阳光给别人，很是谦让；这何尝不是一种人生的感悟和况味呢？《松侣》中的松树与陶铸《松树的风格》中的松树相比是全然不同的形象和品质，给读者的启迪自然也不同。《废墟的召唤》在呼唤什么呢？在呼唤一个健忘的民族应该记住历史的残缺与苦难，修复之后就是遗忘，就是陶醉，就是沉醉，就是沉沦。即便是写人的散文《哭小弟》，也一样充满哲学的智慧，小弟是平凡的，一如玉簪花，一如木槿，一如松侣；与其说是哭小弟，不如说是哭一个知识分子群体，哭一个摧毁真善美的狂风骤雨的时代。如此种种，不一而足。读宗璞先生的散文，总使人觉得是在换一种方式读哲学，其中的况味，其中的韵味，其中的品味，读者自知。

宗璞的童话流淌着诗情画意。宗璞的童话一如诗歌，有诗歌的凝练，有诗歌的意境，有诗歌的真诚。《花的话》开篇写道："春天来了，几阵清风，数番微雨，洗去了冬日的沉重。"语言凝练，寥寥数语，春的气息扑面而来，春的氛围笼罩大地。读过宗璞童话《书魂》的朋友，不会忘记其中的童话主人公"歌人"，歌人与他的同伴"雾人"不同的是他形象鲜明，歌声优美，引吭高歌，送来温馨和温暖。美丽的歌人住在美丽的地方：鲜花铺地、绿草如茵、树木葱茏、奇峰叠翠，犹如仙境。迷人的景物，醉人的歌声，优美的形象，构成了一种物我一体的绝妙意境。正是这种意境引人入胜，沁人心脾，摄人心魄。宗璞的童话最可贵的是"诗心"，以一颗纯真而充满童趣的心去描写童话的人、物、事。《锈损了的铁铃铛》开篇如此："秋天忽然来了，从玉簪花抽出了第一根花棒开始。那圆鼓鼓的洁白的小棒槌，好像要敲响什么，然而它只是静静地绽开了，飘散出沁人的芳香。这是秋天的香气，明净而丰富。"作者以一颗诗心，以完全的童真，完全的童心，完全的童趣，不知不觉将读者带入一个并非造作的童话世界。

宗璞的小说洋溢着慈悲情怀。宗璞的小说洋溢着悲天悯人的家国情怀和民胞物与的慈悲情怀。我因为撰写专著《学习型学校的理论与策略》研究西南联大的相关资料，得知《南渡记》是以西南联大生活为背景的小说，有幸用了半个月的时间读完了宗璞先生的《南渡记》，深深感动于作者那种深重得无以复加的家国情怀。而选入这本书的短篇小说《鲁鲁》的生活背景依然是抗战时期的西南联大。主人公是犹太人的一条名叫"鲁鲁"的狗。鲁鲁是一条狗，但是分明有着人的伦理和情感，作者从狗的视角表达了苦难中的知识分子的慈悲情怀。鲁鲁经历了两次生离死别：第一次是与犹太主人的死别：鲁鲁以痛苦、凄惨、绝望的声音，表达了对主人离世的悲哀和自己孤独的存在。同是苦难的民族子民——犹太老人的孤独已经颇让读者心生寒意，老人离世后留下孤独的鲁鲁，更是让人心生无限怜悯。所幸范先生一家都懂狗，爱狗，疼狗，狗也给范先生一家带来了安全与幸福。鲁鲁在被范家接纳，甚至被范家宠爱的时光，依然眷恋已经故去的犹太老人，不惜跋山涉水到犹太老人的洋房子流连忘返。这是小说最动人的细节，字字句句都敲打着读者心灵深处的柔软。第二次是与范先生一家的生离：抗战胜利了，范先生一家要回北平了，但是他们无法带着鲁鲁坐汽车从云南到北平，于是将鲁鲁托付给邻省T市的唐先生。在唐先生家刚刚平静的鲁鲁，居然用了半年时间，历经生死回到范先生的故居，去寻找曾经的主人不遇。再次返回唐先生家的鲁鲁："他瘦多了，完全变成一只灰狗，身上好几处没有了毛，露出粉红的皮肤；颈上的皮项圈不见了，替代物是原来那一省的狗牌。可见他曾回去，又一次去寻找谜底。"而他回来的目的，只是为了不违主人的安排。在人与人的伦理逐渐疏离的今天，读这样的文字该是何等的感人。我读过的宗璞先生的小说，无论长篇、中篇、短篇甚至于微型小说，无论主人公是人还是狗，都在努力呼唤人性的复苏和养护，都在歌颂人性的光明和伟大，都在传递着悲天悯人、民胞物与的情怀，这正是中华文明的心，是中国文化的根，是中国之为中国的文化灵魂。

哲学散文，诗意童话，情怀小说，只是各有侧重，其实宗璞的散文中也有诗意和情怀，宗璞的童话中不乏哲理和伦理，宗璞的小说中当然也同样有着丰满的理性和诗心。这正是我向读者推荐此次宗璞《丁香结》的原因。

目　录

CONTENTS

童话篇

小说篇

散文篇

紫藤萝瀑布

我不由得停住了脚步。

从未见过开得这样盛的藤萝，只见一片辉煌的淡紫色，像一条瀑布，从空中垂下，不见其发端，也不见其终极，只是深深浅浅的紫，仿佛在流动、在欢笑、在不停地生长。紫色的大条幅上，泛着点点银光，就像迸溅的水花。仔细看时，才知那是每一朵紫花中的最浅淡的部分，在和阳光互相挑逗。

这里春红已谢，没有赏花人群，也没有蜂围蝶阵。有的就是这一树闪光的、盛开的藤萝。花朵儿一串挨着一串，一朵接着一朵，彼此推着挤着，好不活泼热闹！

“我在开花！”它们在笑。

“我在开花！”它们嚷嚷。

每一穗花都是上面的盛开，下面的待放。颜色便上浅下深，好像那紫色沉淀下来了，沉淀在最嫩最小的花苞里。每一朵盛开的花像是一个张满了的小小的帆，帆下带着尖底的舱。船舱鼓鼓的，又像一个忍俊不禁的笑容，就要绽开似的。那里装的是什么仙露琼浆？我凑上去，想摘一朵。

但是我没有摘。我没有摘花的习惯。我只是伫立凝望，觉得这一条紫藤萝瀑布不只在我眼前，也在我心上缓缓流过。流着流着，它带走了这些时一直压在我心上的关于生死的疑惑，关于疾病的痛楚。我浸在这繁密的花朵的光辉中，别的一切暂时都不存在，有的只是精神的宁静和生的喜悦。

这里除了光彩，还有淡淡的芳香，香气似乎也是浅紫色的，梦幻一般轻轻地笼罩着我。忽然记起十多年前家门外也曾有过一大株紫藤萝，它依傍一株枯槐爬得很高，但花朵从来都稀落，东一穗西一串伶仃地挂在树梢，好像在察言观色，试探什么。后来索性连那稀零的花串也没有了。园中别的紫藤花架也都拆掉，改种了果树。那时的说法是，花和生活腐化有什么必然关系。我曾遗憾地想：这里再看不见藤萝花了。

过了这么多年，藤萝又开花了，而且开得这样盛、这样密，紫色的瀑布遮住了粗壮的盘虬卧龙般的枝干，不断地流着、流着，流向人的心田。

花和人都会遇到各种各样的不幸，但是生命的长河是无止境的。我抚摸了一下那小小的紫色的花舱，那里满装生命的酒酿，它张满了帆，在这闪光的花的河流上航行。它是万花中的一朵，也正是由每一个一朵，组成了万花灿烂的流动的瀑布。

在这浅紫色的光辉和浅紫色的芳香中，我不觉加快了脚步。

1982 年 5 月 6 日

丁香结

今年的丁香花似乎开得格外茂盛，城里城外，都是一样。城里街旁，尘土纷嚣之间，忽然呈出两片雪白，顿使人眼前一亮，再仔细看，才知是两行丁香花。有的宅院里探出半树银妆，星星般的小花缀满枝头，从墙上窥着行人，惹得人走过了还要回头望。

城外校园里丁香更多。最好的是图书馆北面的丁香三角地，种有十数棵白丁香和紫丁香。月光下白的潇洒，紫的朦胧。还有淡淡的幽雅的甜香，非桂非兰，在夜色中也能让人分辨出，这是丁香。

在我断断续续住了近三十年的斗室外，有三棵白丁香。每到春来，伏案时抬头便看见檐前积雪。雪色映进窗来，香气直透毫端。人也似乎轻灵得多，不那么浑浊笨拙了。从外面回来时，最先映入眼帘的，也是那一片莹白，白下面透出参差的绿，然后才见那两扇红窗。我经历过的春光，几乎都是和这几树丁香联系在一起的。那十字小白花，那样小，却不显得单薄。许多小花形成一簇，许多簇花开满一树，遮掩着我的窗，照耀着我的文思和梦想。

古人诗云："芭蕉不展丁香结""丁香空结雨中愁"。在细雨迷蒙中，着了水滴的丁香格外妩媚。花墙边两株紫色的，如同印象派的画，线条模糊了，直向窗前的莹白渗过来。让人觉得，丁香确实该和微雨连在一起。

只是赏过这么多年的丁香，却一直不解，何以古人发明了丁香结的说法。今年一次春雨，久立窗前，望着斜伸过来的丁香枝条上的一柄花蕾。小小的花苞圆圆的，鼓鼓的，恰如衣襟上的盘花扣。我才恍然，果然是丁香结。

丁香结，这三个字给人许多想象。再联想到那些诗句，真觉得它们负担着解不开的愁怨了。每个人一辈子都有许多不顺心的事，一件完了一件又来。所以丁香结年年都有。结，是解不完的；人生中的问题，也是解不完的，不然，岂不太平淡无味了吗？

1985 年清明—冬至

（本篇参考统编版六年级语文上册略有改动）

好一朵木槿花

又是一年秋来，洁白的玉簪花挟着凉意，先透出冰雪的消息。美人蕉也在这时开放了。红的黄的花，耸立在阔大的绿叶上，一点不在乎秋的肃杀。以前我有“美人蕉不美”的说法，现在很想收回。接下来该是紫薇和木槿。在我家这以草为主的小园中，它们是外来户。偶然得来的枝条，偶然插入土中，它们就偶然地生长起来。紫薇似娇气些，始终未见花。木槿则已两度花发了。

木槿以前给我的印象是平庸。“文革”中许多花木惨遭摧残，它却得全性命，陪伴着显赫一时的文冠果，免得那钦定植物太孤单。据说原因是它的花可食用，大概总比草根树皮好些吧。学生浴室边的路上，两行树挺立着，花开有紫、红、白等色，我从未仔细看过。

近两年木槿在这小园中两度花发，不同凡响。

前年秋至，我家刚从死别的悲痛中缓过气来不久，又面临了少年人的生之困惑。我们不知道下一分钟会发生什么事，陷入极端惶恐中。我在坐立不安时，只好到草园中踱步。那时园中荒草没膝，除我们的基本队伍——亲爱的玉簪花外，只有两树忍冬，结了小红果子，玛瑙扣子似的，一簇簇挂着。我没有指望还能看见别的什么颜色。

忽然在绿草间，闪出一点紫色，亮亮的，轻轻的，在眼前转了几转。我忙拨开草丛走过去，见一朵紫色的花缀在不高的绿枝上。

这是木槿。木槿开花了，而且是紫色的。

木槿花的三种颜色，以紫色最好。那红色极不正，好像颜料没有调好；白色的花，有老伙伴玉簪已经够了。最愿见到的是紫色，好和早春的二月兰、初夏的藤萝相呼应，让紫色的幻想充满在小园中，让风吹走悲伤，让梦留着。

惊喜之余，我小心地除去它周围的杂草，做出一个浅坑，浇上水。水很快渗下去了。一阵风过，草面漾出绿色的波浪，薄如蝉翼的娇嫩的紫花在一片绿波中歪着头，带点调皮，却丝毫不知道自己显得很奇特。

去年，月圆过四五次后，几经洗劫的小园又一次遭受磨难。园旁小兴土木，盖一座大有用途的小楼。泥土、砖块、钢筋、木条全堆在园里，像是零乱地长出一座座小山，把植物全压在底下。我已习惯了这类景象，知道毁去了以后，总会有新的开始。尽管等的时间会很长。

没想到秋来时，一次走在这崎岖山路上，忽见土山一侧，透过砖块钢筋伸出几条绿枝。绿枝上，一朵紫色的花正在颤颤地开放！

我的心也震颤起来，一种悲壮的感觉攫住了我。土埋大半截了，还开花！

我跨过障碍，走近去看这朵从重压下挣扎出来的花。仍是娇嫩的薄如蝉翼的花瓣，略有皱褶，似乎在花蒂处有一根带子束住，却又舒展自得，它不觉得环境的艰难，更不觉自己的奇特。

忽然觉得这是一朵童话中的花，拿着它，任何愿望都会实现，因为持有的，是面对一切苦难的勇气。

紫色的流光抛洒开来，笼罩了凌乱的工地。那朵花冉冉升起，倚着明亮的紫霞，微笑地俯看着我。

今年果然又有一个开始。小园经过整治，不再以草为主，所以有了对美人蕉的新认识。那株木槿高了许多，枝繁叶茂，只是重阳已届，仍不见花。

我常在它身旁徘徊，期待着震撼了我的那朵花。

它不再来。

即使再有花开，也不是去年的那一朵了。也许需要纪念碑，纪念那逝去了的、昔日的悲壮？

1988 年重阳

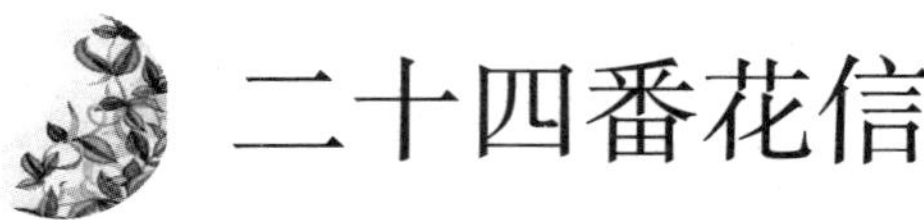

二十四番花信

今年春来早，繁忙的花事也提早开始，较常年约早一个节气。没有乍暖还寒，没有春寒料峭。一天，在钟亭小山下散步，忽见，乾隆御碑旁边那树桃花已经盛开。我常说桃花冒着春寒开放很是勇敢，今年开得轻易不需要很大勇气，只是趁着背后光秃的土山，还可以显出它是报春的先行者。迎春、连翘争先开花，黄灿灿的一片。我很长时期弄不清这两种植物的区别，常常张冠李戴，未免有些烦恼，也曾在别的文章里写过。最近终于弄清，迎春的枝条呈拱形，有角棱。连翘的枝条中空，我家月洞门的黄花原以为是迎春，其实是连翘，这有仲折来的中空的枝条为证。

报春少不了二月兰。今年二月兰又逢大年，各家园子里都是一大片紫色的地毯。它们有一种淡淡的香气，显然是野花的香气。去冬，往病房送过一株风信子，也是这样的气味。

榆叶梅跟着开了，附近的几株都是我们的朋友，哪一株大哪一株小，哪一株颜色深哪一株颜色浅，我们都再熟悉不过。园边一排树中，有一株很高大，花的颜色也深，原来不求甚解地以为它是榆叶梅中的一种。

今年才知道，这是一棵朱砂碧桃。“天上碧桃和露种”，当然是名贵的，它若知我一直把它看作榆叶梅，可能会大大的不高兴。

紧接着便是那若有若无的幽香，提醒着丁香上场了。窗下的一株已伴我四十余年。以前伏案写作时只觉香气直透毫端，花墙边的一株是我手植，现在已高过花墙许多。几树丁香都不是往年那种微雨中淡淡的情调，而是尽情地开放，满树雪白的花，简直是光华夺目。我已不再持毫，缠绕我的是病痛和焦虑，幸有这光亮和香气，透过黑夜，沁进窗来，稍稍抚慰着我不安的梦。

我们为病所拘，只能就近寻春。以为看不到玉兰和海棠了。不想，旧地质楼前忽见一株海棠正在怒放，迎着我们的漫步。燕园本来有好几株大海棠，不知它们犯了何罪，“文革”中统统被砍去，现在这一株大概是后来补种的。海棠的花最当得起“花团锦簇”这几个字。东坡诗句“只恐夜深花睡去，故烧高烛照红妆”，照的就是海棠。海棠虽美，只是无香，古人认为这是一大憾事。若是无香要扣分，花的美貌也可以平均过来了。再想想，世事怎能都那么圆满。又一天，走到临湖轩，见那高松墙变成了短绿篱，门开着，便走进去，晴空中见一根光亮的蛛丝在袅动，忽然想起《牡丹亭》中那句“袅晴思，吹来闲庭院，摇漾春如线”。这句子可怎么翻译，我多管闲事地发愁。上了台阶，本来是空空的庭院，现在觉得眼睛里很满，原来是两株高大的玉兰，不知何时种的。玉兰正在开花，虽已过了最盛期，仍是满树雪白。那白花和丁香不同，显得凝重得多。地下片片落花也各有姿态，我们看了树上的花，又把脚下的花看了片刻。

蔡元培像旁有一株树，叶子是红的，我们叫它红叶李，从临湖轩出来走到这里，忽见它也是满树的花。又过了两天，再去寻问，已经一朵花也看不见了。真令人诧异不止。

“我一生儿，爱好是天然。”花朵怎能老在枝头呢。万物消长是大自然的规律。柳絮开始乱扑人面。我和仲走在小路上，踏着春光，小心翼翼地、珍惜地。不知何时，那棵朱砂碧桃的满树繁花也已谢尽，枝条空空的，连地上也不见花瓣。别的花也会跟着退场的。有上场，有退场。

人，也是一样。

松侣

一位朋友曾说她从未注意过木槿花是什么样儿，我答应院中木槿花开时，邀她来看。这株木槿原在窗前，为了争得光线，春末夏初时我把它移到篱边。它很挣扎了一阵，活下来了，可是秋初着花时节，一朵未见。偶见大图书馆前两排木槿，开着紫、白、红各色的花朵，便想通知朋友，到那里观看。不知有什么事，一天天因循，未打电话。过了些时，偶然走过图书馆，却见两排绿树，花朵已全落尽了。一路很是怅然，似乎不只失信于朋友，也失信于木槿花。又因木槿花每一朵本是朝开夕谢的，不免伤时光之不再，联想到自己的疾病，不知还剩有几多日子。

回到家里，站在院中三棵松树之间，那点脆弱的感怀忽然消失了。我感到镇定平静。三松中的两棵高大稳重，一株直指天空，另一株过房顶后做九十度折角，形貌别致，都似很有魅力，可以倚靠。第三棵不高，枝条平伸做伞状，使人感到亲切。它们似乎说，好了，不要小资情调了，有我们呢。

它们当然是不同的。它们不落叶，无论冬夏，常给人绿色的遮蔽。那绿色十分古拙，不像有些绿色的鲜亮活跳。它们也是有花的，但不显著，最后结成松塔掉下来，带给人的是成熟的喜悦，而不是凋谢的惆怅。它们永远散发着清净的气息，使得人也清爽，据说像负离子发生器一样，有着实实在在的医疗作用。

更何况三松和我的父亲是永远分不开的。我的父亲晚年将这住宅命名为“三松堂”。“庭中有三松，抚而盘桓，较渊明犹多其二焉。”(《三松堂自序》之自序)寄意深远，可以揣摩。我站在三松之下感到安心，大概因为同时也感到父亲的思想、父亲的影响和那三松的华盖一样，仍在荫蔽着我。

父母在堂时，每逢节日，家里总是很热闹。20 世纪 70 年代末，放鞭炮之风还未盛，我家得风气之先，不只放鞭炮，还要放花，一道道彩光腾空而起，煞是好看。这时大家又笑又叫。少年人持着竹竿，孩子们躲在大人身后探出个小脑袋。放花放炮的乐趣就在此了。放了几年，家里人愈来愈少了。剩下的人还坚持这一节目。有一次一个闪光雷放上去，其中一些纸燃烧着落到松树顶上，一支松针马上烧起来，幸亏比较靠边，往上泼水还能泼到，及时扑灭了。浇水的人和树一样，也成了落汤鸡。以后因子侄辈纠缠，也还放了两年。再以后，没有高堂可娱，青年人又大都各奔前程，几乎走光，三松堂前便再没有节日的喧闹。

这一切变迁，三松和院中的竹子、丁香、藤萝、月季、玉簪都曾亲见，其中松树无疑是祖字辈的。阅历最多，感怀最深，却似乎最无话说。只是常绿常香，默默地立在那里，让人觉得，累了时它总是可以靠一靠的。

这三棵松树似是家中的一员，是亲人，是长辈。燕园中还有许许多多松柏枞桧之类的树，便是我的好友了。

在第二体育馆之北，六座中西合璧的庭院之间，有一片用松墙围起来的园子，名为静园。这里原来是没有墙的，有的是草地、假山，又宽又长的藤萝架。“文革”中，这些花草因有不事生产的罪名，全被铲除，换上了有出息的果树，又怕人偷果子，乃围以松墙。我对这一措施素不以为然，静园也很少去。

这两年，每天清晨坚持散步，据说这是我性命攸关的大事，未敢稍懈。散步的路径，总寻找有松柏之处，静园外超过千步的松墙边便成为好地方。一到墙边，先觉清气扑人，一路走下去，觉得全身的血液都换过了。

临湖轩前有一处三角地，也围着松墙。其中一段路两边皆松，成为夹道。那松的气息，更是向每个毛孔渗来。一次雨后，走过夹道，见树顶上一片云气蒸腾，树枝上挂满亮晶晶的水珠，蜘蛛网也成了彩色的璎珞，最主要的是那气息，清到浓重的地步，劈头盖脸将人包裹住了。这时便想，若不能健康地活下去，实在愧对造化的安排。

走出夹道不远，有一处小松林，有白皮松、油松等，空气自然是好的。我走过时，总见六七位老太太在一起做操，一面拍拍打打，一面大声谈家常。譬如昨天谁的媳妇做的什么饭，谁的孙子念的什么书。松树也不嫌聒噪，只管静静地进行负离子疗法。

中国文学中一直推崇松的品格，关于松的吟咏很多。松树的不畏岁寒，正可视为不阿时不媚俗的一种气节。这是士应有的精神境界，所以都愿意以松为友。白居易《庭松》诗云：

朝昏有风月，燥湿无尘泥。
疏韵秋瑟瑟，凉荫夏萋萋。
春深微雨夕，满叶珠蓑蓑。
岁暮大雪天，压枝玉皑皑。
四时各有趣，万木非其侪。
……
即此是益友，岂友须贤才。
顾我犹俗士，冠带走尘埃。
未称为松主，时时一愧怀。

最后两句用松之德要求自己勉励自己，要够格做松的主人。松不只给人安慰，给人健康，还在道德上引人向上，世之益友，又有几人能做到呢?

自然界中，能为友侣的当然不止松柏一类。虽木槿之短暂，也有它的作用与位置。人若能时时亲近大自然，会较容易记住自己的本色。嵇康有诗云：

目送归鸿，手挥五弦。
俯仰自得，游心太玄。

纵然手不能举足不能抬，纵然头上悬着疾病的利剑，我们也要俯仰自得，站稳自己的位置。

送春

说起燕园的野花，声势最为浩大的，要数二月兰了。它们本是很单薄的，脆弱的茎，几片叶子，顶上开着小朵小朵简单的花。可是开成一大片，就形成春光中重要的色调。阴历二月，它们已探头探脑地出现在地上，然后忽然一下子就成了一大片。一大片深紫浅紫的颜色，不知为什么总有点朦胧。房前屋后，路边沟沿，都让它们占据了，熏染了。看起来，好像比它们实际占的地盘还要大。微风过处，花面起伏，丰富的各种层次的紫色一闪一闪地滚动着，仿佛还要到别处去涂抹。

没有人种过这花，但它每年都大开而特开。童年在清华，屋旁小溪边，便是它们的世界。人们不在意有这些花，它们也不在意人们是否在意，只管尽情地开放。那多变化的紫色，贯穿了我所经历的几十个春天。只在昆明那几年让白色的木香花代替了。木香花以后的岁月，便定格在燕园，而燕园的明媚春光，是少不了二月兰的。

斯诺墓所在的小山后面，人迹罕到，便成了二月兰的天下。从路边到山坡，在树与树之间，挤满花朵。有一小块颜色很深，像需要些水化一化；有一块颜色很浅，近乎白色。在深色中有浅色的花朵，形成一些小亮点儿；在浅色中又有深色的笔触，免得它太轻灵。深深浅浅连成一片。这条路我也是不常走的，但每到春天，总要多来几回，看看这些小友。

其实我家近处，便有大片二月兰。各芳邻门前都有特色，有人从荷兰带回郁金香，有人从近处花圃移来各色花草。这家因主人年老，儿孙远居海外，没有人侍弄园子，倒给了二月兰充分发展的机会。春来开得满园，像一块花毡，衬着边上的绿松墙。花朵们往松墙的缝隙间直挤过去，稳重的松树也似在含笑望着它们。

这花开得好放肆！我心里说。我家屋后，一条弯弯的石径两侧直到后窗下，每到春来，都是二月兰的领地。面积虽小，也在尽情抛洒春光。不想一次有人来收拾院子，给枯草烧了一把火，说也要给野花立规矩。次年春天便不见了二月兰，它受不了规矩。野草却依旧猛长。我简直想给二月兰写信，邀请它们重返家园。信是无处投递，乃特地从附近移了几棵，也尚未见功效。

许多人不知道二月兰为何许花，甚至语文教科书的插图也把它画成兰花的模样。兰花素有花中君子之称，品高香幽。二月兰虽也有个“兰”字，可完全与兰花没有关系，也不想攀高枝，只悄悄从泥土中钻出来，如火如荼点缀了春光，又悄悄落尽。我曾建议一年轻画徒，画一画这野花，最好用水彩，用印象派手法。年轻人交来一幅画稿，在灰暗的背景中只有一枝伶仃的花，又依照“现代”眼光，在花旁画了一个破竹篮。

“这不是二月兰的典型姿态。”我心里评判着。二月兰是一大片一大片的，千军万马。身躯瘦弱，地位卑下，却高扬着活力，看了让人透不过气来。而且它们不只开得隆重茂盛，尽情尽性，还有持久的精神。这是今春才悟到的。

因为病，因为懒，常几日不出房门。整个春天各种花开花谢，来去匆匆，有的便不得见。却总见二月兰不动声色地开在那里，似乎随时在等候，问一句："你好些吗？"

又是一次小病后，在园中行走。忽觉绿色满眼，已为遮蔽炎热做准备。走到二月兰的领地时，不见花朵，只剩下绿色直连到松墙。好像原有一大张绚烂的彩画，现在掀过去了，卷起来了，放在什么地方，以待来年。

我知道，春归去了。

在领地边徘徊了一会儿，忽然意识到二月兰的忠心和执着。从春如十三女儿学绣时，它便开花，直到雨僝风僽，春深春老。它迎春来，伴春在，送春去。古诗云"开到荼蘼花事了"，我始终不知荼靡是个什么样儿，却亲见二月兰蓦然消失，是春归的一个指征。

迎春人人欢喜，有谁喜欢送春？忠心的、执着的二月兰没有推托这个任务。

1992 年 9 月下旬

秋韵

京华秋色，最先想到的总是香山红叶。曾记得满山如火如荼的壮观，在太阳下，那红色似乎在跳动，像火焰一样。二三友人，骑着小驴，笑语与嘚嘚蹄声相和，循着弯曲小道，在山里穿行。秋的丰富和幽静调和得匀匀的，向每个毛孔渗进来。后来驴没有了，路平坦得多了，可以痛快地一直走到半山。如果走的是双清这一边，一段山路后，上几个陡台阶，眼前会出现大片金黄，那是几棵大树，现在想来，也是银杏罢。满树茂密的叶子都黄透了，从树梢披散到地，黄得那样滋润，好像把秋天的丰收集聚在那里了。让人觉得，这才是秋天的基调。

今年秋到香山，人也到香山。满路车辆与行人，如同电影散场，或要举行大规模代表会。只好改道万安山，去寻秋意。山麓有一片黄栌，不甚茂密。法海寺废墟前石阶两旁，有两片暗红，也很寥落。废墟上有顺治年间的残碑，镌有不得砍伐、不得放牧的字样。乱草丛中，断石横卧，枯树枝头，露出灰蓝的天和不甚明亮的太阳。这似乎很有秋天的萧索气象了。然而，这不是我要寻找的秋的韵致。

有人说，该到圆明园去，西洋楼西北的一片树林，这时大概正染着红、黄两种富丽的颜色。可对我来说，不断地寻秋是太奢侈了，不能支出这时间，且待来年罢。家人说，来年人更多，你骑车的本领更差，也还是无由寻到的。那就待来生罢，我说，大家一笑。

其实，我是注意今世的。清晨照例地散步，便是为了寻健康，没有什么浪漫色彩。这一天，秋已深了，披着斜风细雨，照例走到临湖轩下小湖旁，忽然觉得景色这般奇妙，似乎我从未到过这里。

小湖南面有一座小山，山与湖之间是一排高大的银杏树。几天不见，竟变成一座金黄屏障，遮住了山，映进了水。扇形叶子落了一地，铺满了绕湖的小径。似乎这金黄屏障向四周渗透，无限地扩大了。循路走去，湖东侧一片鲜红跳进眼帘。这样耀眼的红叶！不是黄栌，黄栌的红较暗；不是枫树，枫叶的红较深。这红叶着了雨，远看鲜亮极了，近看时是对称的长形叶子，地下也有不少，成了薄薄一层红毡。在小片鲜红和高大的金屏障之间，还有深浅不同的绿，深浅不同的褐、棕等丰富的颜色环抱着澄明的秋水。冷冷的几滴秋雨，更给整个景色添了几分朦胧，似乎除了眼前一切，还有别的蕴藏。

这是我要寻的秋的韵致了么？秋天是有成绩的人生，绚烂多彩而肃穆庄严，似朦胧而实清明，充满了大彻大悟的味道。

秋去冬来之时，意外地收到一份讣告，是父亲的一位哲学友人故去了。讣告上除生卒年月外，只有一首遗诗。译出来是这等模样：

不要推却友爱，

不要延迟欢乐，

现在不悟，

便永迷惑，

在这里，

一切都有了着落。

我要寻找的秋韵，原来便在现在，在这里，在心头。

1985 年 11 月 19 日

报秋

似乎刚过完春节，什么都还来不及干呢，已是长夏天气，让人懒洋洋得像只猫。一家人夏衣尚未打点好，猛然却见玉簪花那雪白的圆鼓鼓的棒槌，从拥挤着的宽大的绿叶中探出头来。我先是一惊，随即怅然。这花一开，没几天便是立秋。以后便是处暑便是白露便是秋分便是寒露，过了霜降，便立冬了。真真的怎么得了！

一朵花苞钻出来，一个柄上的好几朵都跟上。花苞很有精神，越长越长，成为玉簪模样。开放都在晚间，一朵持续约一昼夜。六片清雅修长的花瓣围着花蕊，当中的一株顶着一点嫩黄，颤颤地望着自己雪白的小窝。

这花的生命力极强，随便种种，总会活的。不挑地方，不拣土壤，而且特别喜欢背阴处，把阳光让给别人，很是谦让。据说花瓣可以入药。还有人来讨那叶子，要捣烂了治脚气。我说它是生活上向下比，工作上向上比，算得一种玉簪花精神罢。

我喜欢花，却没有侍弄花的闲情。因有自知之明，不敢邀名花居留，只有时要点草花种种。有一种太阳花又名“死不了”，开时五色缤纷，杂在草间很好看。种了几次，都不成功。“连‘死不了’都死了。”我们常这样自嘲。

玉簪花却不同，从不要人照料。只管自己蓬勃生长。往后院月洞门小径的两旁，随便移栽了几个嫩芽，次年便有绿叶白花，点缀着夏末秋初的景致。我的房门外有一小块地，原有两行花，现已形成一片，绿油油的，完全遮住了地面。在晨光熹微或暮色朦胧中，一柄柄白花擎起，隐约如绿波上的白帆，不知驶向何方。有些植物的繁茂枝叶中，会藏着一些小活物，吓人一跳。玉簪花下却总是干净的。可能因为气味的缘故，不容虫豸近身。

花开有十几朵，满院便飘散着芳香。不是丁香的幽香，不是桂花的甜香，也不是荷花的那种清香。它的香比较强，似乎有点醒脑的作用。采几朵放在养石子的水盆中，房间里便也飘散着香气，让人减少几分懒洋洋，让人心里警惕着：秋来了。

秋是收获的季节，我却是两手空空。一年、两年过去了，总是在不安和焦虑中。怪谁呢，很难回答。

久居异乡的兄长，业余喜好诗词。前天寄来自译的朱敦儒的那首《西江月》。原文是：

日日深杯满满，朝朝小圃花开，自歌自舞自开怀，无拘无束无碍。青史几番春梦，红尘多少奇才，不消计较与安排，领取而今现在。

若照他译的英文再译回来，最后一句是认命的意思。这意思有，但似不够完全。我把“领取而今现在”一句反复吟哦，觉得这是一种悠然自得的境界。其实不必深杯酒满，不必小圃花开，只在心中领取，便得逍遥。

领取自己那一份，也有品味、把玩、获得的意思。那么，领取秋，领取冬，领取四季，领取生活罢！

那第一朵花出现已一周，凋谢了。可是别的一朵一朵在接上来。圆鼓鼓的花苞，盛开了的花朵，由一个个柄擎着，在绿波上漂浮。

1990 年 8 月 10 日

猫冢

10月份到南方转了一圈，成功地逃避了气管炎和哮喘——那在去年是发作得极剧烈的。月初回到家里，满眼已是初冬的景色。小径上的落叶厚厚一层，树上倒是光秃秃的了。风庐屋舍依旧，房中父母遗像依旧，我觉得一切似乎平安，和我们离开时差不多。

见过了家人以后，觉得还少了什么。少的是家中另外两个成员——两只猫。“媚儿和小花呢？”我和仲同时发问。

回答说，它们出去玩了，吃饭时会回来。午饭之后是晚饭，猫儿还不露面。晚饭后全家在电视机前小坐，照例是少不了两只猫的，媚儿常坐在沙发扶手上，小花则常蹲在地上，若有所思地望着我，我总是和它说话，问它要什么，一天过得好不好。它以打呵欠来回答。有时就试图坐到膝上来，有时则看看门外，那就得给它开门。

可这一天它们不出现。

“小花，小花，快回家！”我开了门灯，站在院中大声召唤。因为有个院子，屋里屋外，猫们来去自由，平常晚上我也常常这样叫它，叫过几分钟后，一个白白圆圆的影子便会从黑暗里浮出来，有时快步跳上台阶，有时走两步停一停，似乎是闹着玩。有时我大开着门它却不进来，忽然跳着抓小飞虫去了，那我就不等它，自己关门。一会儿再去看时，它坐在台阶上，一脸期待的表情，等着开门。

小花被家人认为是我的猫。叫它回家是我的差事，别人叫，它是不理的，仲因为给它洗澡，和它隔阂最深。一次仲叫它回家，越叫它越往外走，走到院子的栅栏门了，忽然回头见我出来站在屋门前，它立刻转身飞箭似的跑到我身旁。没有衡量，没有考虑，只有天大的信任。

对这样的信任我有些歉然，因为有时我也不得不哄骗它，骗它在家等着，等到的是洗澡。可它似乎认定了什么，永不变心，总是坐在我的脚边，或睡在我的椅子上。再叫它，还是高兴地回家。

可是现在，无论怎么叫，只有风从树枝间吹过，好不凄冷。

20 世纪 70 年代初，一只雪白的、蓝眼睛的狮子猫来到我家，我们叫它狮子，它活了五岁，在人来讲，约三十多岁，正在壮年。它是被人用鸟枪打死的。当时正生过一窝小猫，好的送人了，只剩一只长毛三色猫，我们便留下了它，叫它花花。花花五岁时生了媚儿，因为好看，没有舍得送人。花花活了十岁左右，也还有一只小猫没有送出。也是深秋时分，它病了，不肯在家，曾回来有气无力地叫了几声，用它那妩媚温顺的眼光看着人，那是它的告别了。后来忽然就不见了。猫不肯死在自己家里，怕给人添麻烦。

孤儿小猫就是小花，它是一只非常敏感，有些神经质的猫，非常注意人的脸色，非常怕生人。它基本上是白猫，头顶、脊背各有一块乌亮的黑，还有尾巴是黑的。尾巴常蓬松地竖起，如一面旗帜招展，很有表情。它的眼睛略呈绿色，目光中常有一种若有所思的神情。我常常抚摸它，对它说话，觉得它不知什么时候就会回答。若是它忽然开口讲话，我一点不会奇怪。

小花有些狡猾，心眼儿多，还会使坏。一次我不在家，它要仲给它开门，仲不理它，只管自己坐着看书。它忽然纵身跳到仲膝上，极为利落地撒了一泡尿，仲连忙站起时，它已方便完毕，躲到一个角落去了。“连猫都斗不过”，成了一个话柄。

小花也是很勇敢的，有时和邻家的猫小白或小胖打架，背上的毛竖起，发出和小身躯全不相称的吼声。“小花又在保家卫国了。”我们说。它不准邻家的猫践踏草地。猫们的界限是很分明的，邻家的猫儿也不欢迎客人。但是小花和媚儿极为友好地相处，从未有过纠纷。

媚儿比小花大四岁，今年已快九岁，有些老态龙钟了。它浑身雪白，毛极细软柔密，两只耳朵和尾巴是一种娇嫩的黄色。小时可爱极了，所以得一“媚儿”之名。它不像小花那样敏感，看去有点儿傻乎乎的。它曾两次重病，都是仲以极大的耐心带它去小动物门诊，给它打针服药，终得痊愈。两只猫洗澡时都要放声怪叫。媚儿叫时，小花东藏西躲，想逃之夭夭。小花叫时，媚儿不但不逃，反而跑过来，想助一臂之力。其憨厚如此。它们从来都用一个盘子吃饭。小花小时，媚儿常让它先吃。小花长大，就常让媚儿先吃，有时一起吃，也都注意谦让。我不免自夸几句：“不要说郑康成婢能诵毛诗，看看咱们家的猫！”

可它们不见了！两只漂亮的、各具性格的、懂事的猫，你们怎样了？

据说我们离家后几天中，小花在屋里大声叫，所有的柜子都要打开看过。给它开门，又不出去。以后就常在外面，回来的时间少，以后就不见了，带着爱睡觉的媚儿一起不见了。

“到底是哪天不见的？”我们追问。

都说不清，反正好几天没有回来了。我们心里沉沉的，找回的希望很小了。

“小花，小花，快回家！”我的召唤在冷风中，向四面八方散去。

没有回音。

猫其实不仅是供人玩赏的宠物，它对人是有帮助的。我从来没有住过新造成的房子，旧房就总有鼠患。在城内乃兹府居住时，老鼠大如半岁的猫，满屋乱窜，实在令人厌恶，抱回一只小猫，就平静多了。风庐中鼠洞很多，鼠们出没自由。如有几个月无猫，它们就会偷粮食，啃书本，坏事做尽。若有猫在，不用费力去捉老鼠，只要坐着，甚至睡着喵呜几声，鼠们就会望风而逃。一次父亲和我还据此讨论了半天“天敌”两字。猫是鼠的天敌，它就有灭鼠的威风！驱逐了鼠的骚扰，面对猫的温柔娇媚，感到平静安详，赏心悦目，这多么好！猫实在是人的可爱而有力的朋友。

小花和媚儿的毛都很长，很光亮。看惯了，偶然见到紧毛猫，总觉得它没穿衣服。但长毛也有麻烦处，它们好像一年四季都在掉毛，又不肯在指定的地点活动，以致家里到处是猫毛。有朋友来，小坐片刻，走时一身都是毛，主人不免尴尬。

一周过去了，没有踪影。也许有人看上了它们那身毛皮——亲爱的小花和媚儿，你们究竟遇到了什么！

我们曾将狮子葬在院门内枫树下，大概早融在春来绿如翠、秋至红如丹的树叶中了。狮子的儿孙们也一代又一代地去了，它们虽没有葬在家内，也各自到了生命的尽头。“前不见古人，后不见来者。”生命只有这么有限的一段，多么短促。我亲眼看见猫儿三代的逝去，是否在冥冥中，也有什么力量在看着我们一代又一代消逝呢。

乐书

多年以前，读过一首《四时读书乐》，现在只记得四句：“读书之乐乐何如？绿满窗前草不除”“读书之乐乐无穷，瑶琴一曲来熏风”。这是春夏的情景，也是读书的乐境。“绿满窗前草不除”一句，是形容生机盎然的自由自在的情趣。“瑶琴一曲来熏风”一句，是形容炎炎夏日中书会给人一个清凉的世界。这种乐境只有在读书时才会有。

作者写书总是把他这个人最有价值的一面放进书里，他在写书的时候，对自己已经进行了过滤。经常读书，接触的都是别人的精华。读书本身就是一件聪明的事，也是一件快乐的事。陶渊明说：“每有会意，便欣然忘食。”金圣叹读到《西厢记》“不瞅人待怎生”一句，感动得三日卧床不食不语。这都是读书的至高境界。不只是书本身的力量，也需要读者的会心。

我不是一个做学问的读书人，读书缺少严谨的计划，常是兴之所至。虽然不够正规，也算和书打了几十年交道。我想，读书有一个分——合——分的过程。

“分”就是要把各种书区分开来，也就是要有一个选择的过程。现在书出得极多，有人形容，写书的比读书的还多，简直成了灾。我看见那些装帧精美的书，总想着又有几棵树冤枉地献身了。“开卷有益”可以说是一句完全过时的话。千万不要让那些假冒伪劣的“精神产品”侵蚀。即便是列入必读书目的，也要经过自己的慎重选择。有些书评简直就是一种误导，名实不符者极多，名实相悖者也有。当然可读的书更多。总的说来，有的书可精读，有的书可泛读，有的书浏览一下即可。美国教授老温德告诉我，他常用一种“对角线读书法”，即从一页的左上角一眼看到右下角。这种读书法对现在的横排本也很适用。不同的读法可以有不同的收获，最重要的是读好书，读那些经过时间圈点的书。

书经过区分，选好了，读时就要“合”。古人说读书得间，就是要在字里行间得到弦外之音，象外之旨，得到言语传达不尽的意思。朱熹说读书要“涵泳玩索，久之自有所见”，涵泳在水中潜行，也就是说必须入水，与水相合，才能了解水，得到滋养润泽。王国维谈读书三境界，第三种境界是“蓦然回首，那人却在灯火阑珊处”，这种豁然贯通，便是一种会心。在那一刻间，读者必觉作者是他的代言人，想到他所不能想的，说了他所不会说不敢说的，三万六千毛孔也都张开来，好不畅快。

古时有人自外回家，有了很大变化。人们议论，说他不是遇见了奇人，就是遇见了奇书。书对人的影响是非常大的。不过要使书真的为自己所用，就要从“合”中跳出来，再有一次“分”，把书中的理和自己掌握的理参照而行。虽然自己的理不断受书中的理影响，却总能用自己的理去衡量、判断、实践。用现在的话说就是活学活用，用文一点的话，就叫作“六经注我”。读书到这般地步不只有乐，而且有成矣。

其实，这些都是废话，每个人有自己的读书法，平常读书不一定都想得那么多，随意翻阅也是一种快乐。我从小喜欢看书，所以得了一双高度近视眼。小时候家里人形容我一看书就要吃东西，一吃东西就要看书，可见不是个正襟危坐的学者，最多沾染了些书呆子气，或美其名曰书卷气。因为从小在书堆中长大，磕头碰脑都是书，有一阵子很为其困扰，曾写了《恨书》《卖书》等文，颇引关注。后来把这些朋友都安排到妥当或不甚妥当的去处，却又觉得很为想念，眼皮子底下少了这一箱那一柜或索性乱堆着的书，确实失去了很多。原来走到房屋的每一个角落，都可以接触到各种宏论，感受到各种情感，这里那里还不时会冒出一个个小故事。虽然足不出户，书把我的生活从时空上都拓展了。因为思念，曾想写一篇《忆书》，也只是想想而已。近几年来眼疾发展，几乎不能视物，和书也久违了。幸好科学发达，经治疗后，忽然又看见了世界，也看见经过整顿后书柜里的书。我拿起几部特别喜爱的线装书抚摸着，一部《东坡乐府》，一部《李义山诗集》，一部《世说新语》。还有一部《温飞卿诗集》，字特别大，我随手翻到“捣麝成尘香不灭，拗莲作寸丝难绝”，不觉一惊，现在哪里还有这样的真诚和执着呢。

寒暑交替，我们的忙总无变化，忙着做各种有意义和无意义的事。我和老伴现在最大的快乐就是每晚在一起读书，其实是他念给我听。朋友们称赞他的声音厚实有力，我通过这声音得到书的内容，更觉得丰富。书房中有一副对联：“把酒时看剑，焚香夜读书。”我们也焚香，不过不是龙涎香、鸡舌香，而是最普通的蚊香，以免蚊虫骚扰。古人焚香或也有这个用处?

四时读书乐，另两时记不得了。乃另诌了两句，曰：“读书之乐何处寻?秋水文章不染尘”“读书之乐乐融融，冰雪聪明一卷中”。聊充结尾。

1999 年 8 月上旬

萤火

点点银白的、灵动的光，在草丛中飘浮。草丛中有各色的野花：黄的野菊，浅紫的二月兰，淡蓝的“勿忘我”。还有一种高茎的白花，每一朵都由许多极小的花朵组成，简直看不清花瓣。它的名字恰和“勿忘我”相反，据说是叫作“不要记得我”，或可译作“勿念我”罢。在迷茫的夜中，一切彩色都失去了，有的只是黑黝黝一片。亮光飘忽地穿来穿去，一个亮点儿熄灭了，又有一个飞了过来。

若在淡淡的月光下，草丛中就会闪出一道明净的溪水，潺潺地、不慌不忙地流着。溪上有两块石板搭成的极古拙的小桥，小桥流水不远处的人家，便是我儿时的居处了。记得萤火虫很少飞近我们的家，只在溪上草间，把亮点儿投向反射出微光的水，水中便也闪动着小小的亮点，牵动着两岸草莽的倒影。现在看到童话片中要开始幻景时闪动的光芒，总会想起那条溪水，那片草丛，那散发着夏夜的芳香，飞翔着萤火虫的一小块地方。

幼小的我，经常在那一带玩耍。小桥那边，有一个土坡，也算是山罢。小路上了山，不见了。晚间站在溪畔，总觉得山那边是极遥远的地方，隐约在树丛中的女生宿舍楼，也是虚无缥缈的。其实白天常和游伴跑过去玩，大学生们有时拉住我的手，说：“你这黑眼睛的女孩子！你的眼睛好黑啊。”

大概是两三岁时，一天母亲进城去了，天黑了许久，还不回来。我不耐烦，哭个不停。老嬷嬷抱我在桥头站着，指给我看那桥边的小道。“回来啦，回来啦——”她唱着。其实这全然不是母亲回来的路。夜未深，天色却黑得浓重，好像蒙着布，让人透不过气。小桥下忽然飞出一盏小灯，把黑夜挑开一道缝。接着又飞出一盏，又飞出一盏。花草亮了，溪水闪了。黑夜活跃起来，多好玩啊！我大声叫了：“灯！飞的灯！”回头看家里，已经到处亮着灯了，而且一片声在叫我。我挣下地来，向灯火通明的家跑去，却又屡次回头，看那使黑夜发光的飞灯。

照说幼儿时期的事，我不该记得。也许我记得的，其实是后来母亲的叙述，或自己更人事后的心境罢。但那一晚我在桥头的景象，总是反复地、清晰地出现在我眼前，那黑夜，那划破了黑夜的萤火，以及后来的灯光——

长大了，又回到这所房屋时，我在自己的房间里便可以看到起伏明灭的萤火了。我的窗正对着那小溪。溪水比以前窄了，草丛比以前矮了，只有萤火，那银白的，有时是浅绿色的光，还是依旧。有时抛书独坐，在黑暗中看着那些飞舞的亮点，那么活泼，那么充满了灵气，不禁想到《仲夏夜之梦》里那些吵闹的小仙子；又不禁奇怪这发光的虫怎么未能在《聊斋志异》里占一席重要的地位。它们引起多么远、多么奇的想象。那一片萤光后的小山那边，像是有什么仙境在等待着我。

但是我最多只是走出房来，在溪边徘徊片刻，看看墨色涂染的天、树，看看闪烁的溪水和萤火。仙境么，最好是留在想象和期待中的。

日子一天天热闹起来。解放，毕业，几乎每个人都觉得自己在发光。我们是新中国成立后第三届大学生。毕业前夕，一个星光灿烂的夜晚，和几个好友，曾久久地坐在这溪边山坡上，望着星光和萤光。我们看准一棵树，又看准一个萤，看它是否能飞到那棵树，来卜自己的未来。几乎每一个萤都能飞到目的地，因为没有飞到的就不算数。那时，我们的表格里无一不填着“坚决服从分配，到祖国最需要的地方去”！无论分到哪里，我们都会怀着对美好未来的向往扑过去的。星空中忽然闪了一下，是一颗流星划过了天空。据说流星闪亮时，心中闪过的希望是会如愿的。但我们谁也没有再想要什么。有了祖国，不就有了一切么？我觉得重任在肩，而且相信任何重任我都担得起。难道还有比这种信心更使人兴奋、欢喜，使人感到无可比拟的幸福么？虽然我知道自己很小，小得像萤火虫那样。萤却是会发光的，使得就连黑夜也璀璨美丽，使得就连黑夜也充满了幻想——

奇怪的是，自从离开清华园，再也不曾见到萤火虫。可能因为再也没有住在水边了。后来从书上知道，隋炀帝在江都一带经营过“萤苑”，征集“萤火数斛”，为夜晚游山之用。这皇帝连萤都不放过，都要征来服役，人民的苦难，更可想见了。但那“萤苑”风光，一定是好看的。因为那种活泼的光，每一点都呈现着生命的力量。以后无意中又得知萤能捕食害虫，于农作物有益，不觉十分高兴。便想，何不在公园中布置个“萤苑”，为夏夜增光，让曾被皇帝拘来当劳工的萤，有机会为人民服务呢。但在那十年浩劫中，连公园都几乎查封，那“萤苑”的构思，早也逃之夭夭了。

前几天，偶得机缘，和弟弟这个从小的同学往清华走了一遭。图书馆看去一次比一次小，早不是小时心目中的巍峨了。那肃穆的、勤奋的读书气氛依然，书库中的玻璃地板也还在；底层的报刊阅览室也还是许多人站着看报。弟弟说他常做一个同样的梦——到这里来借报纸。底层增加了检索图书用的计算机，弟弟兴致勃勃地和机上人员攀谈，也许他以后的梦，要改变途径了。我的萤火虫却在梦中也从未出现。行向小河那边时，因为在白天，本不指望看见萤火，但以为草坡上的“勿忘我”和“勿念我”总会显出了颜色。不料看见的，是一条干涸的沟，两岸干黄的土坡，春雨轻轻地飘洒，还没有一点绿意。那明净的、潺潺的不慌不忙流着的溪水，已不知何时流往何处了。我们旧日的家添盖了房屋，现在是幼儿园了。虽是假日，还有不少孩子，一个个转动着点漆般的眼睛看着我们。“你们这些黑眼睛的孩子！好黑的眼睛啊。”我不由得想。

事物总是在变迁，中心总要转移的。现在清华主楼的堂皇远非工字厅可比了。而那近代物理实验室中的元素光谱，使人感到科学的光辉，也是萤火虫们望尘莫及的。我们骑着车，淋着雨，高兴地到处留下校友的签名。二十世纪从一十年代到七十年代排过来的长桌前，那如同戴着雪帽般的白头发，那敦实可靠的中年的肩膀，那发亮的、润泽的皮肤和眼睛，俨然画出了人生的旅程。我以为，在这条漫长而又短促的道路上，那淡蓝色和纯白的花朵，“勿忘我”和“勿念我”，是必不可少的。因为人世间，有许多事应该永远记得，又有许多事是早该忘却了。

但总要尽力地发光，尤其在困境中。草丛中飘浮的、灵动的、活泼的萤火，常在我心头闪亮。

1980 年

西湖漫笔

平生最喜游山逛水。这几年来，很改了不少闲情逸致，只在这山水上头，却还依旧。那五百里滇池粼粼的水波，那兴安岭上起伏不断的绿沉沉的林海，那开满了各色无名的花儿的广阔的呼伦贝尔草原，以及那举手可以接天的险峻的华山……曾给人多少有趣的思想，曾激发起多少变幻的感情。一到这些名山大川异地胜景，总会有一种奇怪的力量震荡着我，几乎忍不住要呼喊起来："这是我的伟大的、亲爱的祖国——"

然而在足迹所到的地方，也有经过很长久的时间，我才能理解、欣赏的。正像看达·芬奇的名画《永远的微笑》，我曾看过多少遍，看不出她美在哪里；在看过多少遍之后，一次又拿来把玩，忽然发现那温柔的微笑，那嘴角的线条，那手的表情，是这样无以名状的美，只觉得眼泪直涌上来。山水，也是这样的，去上一次两次，可能不会了解它的性情，直到去过三次四次，才恍然有所悟。

我要说的地方，是多少人说过写过的杭州。六月间，我第四次去到西子湖畔，距第一次来，已经有九年了。这九年间，我竟没有说过西湖一句好话。发议论说，论秀媚，西湖比不上长湖，天真自然，楚楚有致；论宏伟，比不上太湖，烟霞万顷，气象万千。——好在到过的名湖不多，不然，不知还有多少谬论。

奇怪得很，这次却有着迥乎不同的印象。六月，并不是好时候，没有花，没有雪，没有春光，也没有秋意。那几天，有的是满湖烟雨，山光水色，俱是一片迷蒙。西湖，仿佛在半醒半睡。空气中，弥漫着经了雨的栀子花的甜香。记起东坡诗句："水光潋滟晴方好，山色空蒙雨亦奇。"便想，东坡自是最了解西湖的人，实在应该仔细观赏、领略才是。

正像每次一样，匆匆地来，又匆匆地去。几天中我领略了两个字，一个是"绿"，只凭这一点，已使我流连忘返。雨中去访灵隐，一下车，只觉得绿意扑眼而来。道旁古木参天，苍翠欲滴，似乎飘着的雨丝儿也都是绿的。飞来峰上层层叠叠的树木，有的绿得发黑，深极了，浓极了；有的绿得发蓝，浅极了，亮极了。峰下蜿蜒的小径，布满青苔，直绿到了石头缝里。在冷泉亭上小坐，直觉得遍体生凉，心旷神怡。亭旁溪水琤琤，说是溪水，其实表达不出那奔流的气势，平稳处也是碧澄澄的，流得急了，水花飞溅，如飞珠滚玉一般，在这一片绿色的影中显得分外好看。

西湖胜景很多，各处有不同的好处，即便一个绿色，也各有不同。黄龙洞绿得幽，屏风山绿得野，九曲十八涧绿得闲……不能一一去说。漫步苏堤，两边都是湖水，远水如烟，近水着了微雨，泛起一层银灰的颜色。走着走着，忽见路旁的树十分古怪，一棵棵树身虽然离得较远，却给人一种莽莽苍苍的感觉，似乎是从树梢一直绿到了地下。走近看时，原来是树身上布满了绿茸茸的青苔，那样鲜嫩，那样可爱，使得绿茵茵的苏堤，更加绿了几分。有的青苔，形状也有趣，如耕牛，如牧人，如树木，如云霞；有的整片看来，布局宛然，如同一幅青绿山水。这种绿苔，给我的印象是坚忍不拔，不知当初苏公对它们印象怎样。

在花港观鱼，看到了又一种绿。那是满池的新荷，圆圆的绿叶，或亭亭立于水上，或婉转靠在水面，只觉得一种蓬勃的生机，跳跃满池。绿色，本来是生命的颜色。我最爱这初春的杨柳嫩枝，那样鲜，那样亮，柳枝儿一摆，似乎蹬着脚告诉你，春天来了。荷叶，则要持重一些，初夏，则更成熟一些，但那透过的活泼的绿色表现出来的茁壮的生命力，是一样的。再加上叶面上的水珠儿滴溜溜滚，简直好像满池荷叶都要裙袂飞扬，翩然起舞了。

从花港乘船而回，雨已停了，远山青中带紫，如同凝住了一段云霞。波平如镜，船儿在水面上滑行，只有桨声欸乃，愈增加了一湖幽静。一会儿摇船的姑娘歇了桨，喝了杯茶，靠在船舷，只见她向水中一摸，顺手便带上一条欢蹦乱跳的大鲤鱼。她自己只微笑着一声不出，把鱼甩在船板上。同船的朋友看得入迷，连连说，这怎么可能！上岸时，又回头看那在浓重暮色中变得无边无际的白茫茫的湖水，惊叹道："真是个神奇的湖！"

我们整个的国家，不是也可以说是神奇的么？我这次来领略到的另一个字，就是"变"。和全国任何地方一样，隔些时候去，总会看到变化，变得快，变得好，变得神奇。都锦生织锦厂在我印象中，是一个窄狭的旧式的厂子。这次去，走进一个花木葱茏的大院子，我还以为找错了地方。技术上、管理上的改进和发展就不用说了。我看到织就的西湖风景，当然羡慕其织工精细，但却想，怎么可能把祖国的锦绣河山织出来呢？不可能的。因为河山在变，在飞跃！最初到花港时，印象中只是个小巧曲折的园子，四周是一片荒芜。这次却见变得开展了，加了好几处绿草坪，种了许多叫不上名字来的花和树，顿觉天地广阔了许多，丰富了许多。那在新鲜的活水中游来游去的金鱼们，一定会知道得更清楚罢。据说，这一处观赏地原来只有二亩，现在已有二百一十亩。我和数字是没有什么缘分的，可是这次我却深深地记住了。这种修葺，是建设中极次要的一部分，从它，可以看出更多的东西……

更何况西湖连性情也变得活泼热闹了，星期天，游人泛舟湖上，真是满湖的笑，满湖的歌！西湖的度量，原也是容得了活泼热闹的。两三人寻幽访韵固然好，许多人畅谈畅游也极佳。见公共汽车往来运载游人，忽又想起东坡在密州出猎时写的一首《江城子》：“老夫聊发少年狂。左牵黄，右擎苍。锦帽貂裘，千骑卷平冈。”想来他在杭州，当有更盛的情景吧？那时是“倾城随太守”，这时是每个人在公余之暇，来休息身心，享山水之乐。这热闹，不更千百倍地有意思么？

希腊画家亚伯尔曾把自己的画放在街上，自己躲在画后，听取意见。有一个鞋匠说人物的鞋子画得不对，他马上改了。这鞋匠又批评别的部分，他忍不住从画后跑出来说，你还是只谈鞋子好了。因为对西湖的印象究竟只是浮光掠影，这篇小文，很可能是鞋匠的议论，然而心到神知，想西湖不会怪我唐突罢？

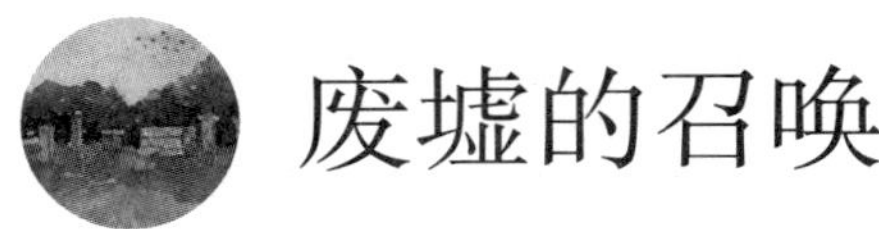

废墟的召唤

冬日的斜阳无力地照在这一片田野上。刚是下午，清华气象台上边的天空，已显出月牙儿的轮廓。顺着近年修的柏油路，左侧是干皱的田地，看上去十分坚硬，这里那里，点缀着断石残碑。右侧在夏天是一带荷塘，现在也只剩下冬日的凄冷。转过布满枯树的小山，那一大片废墟呈现在眼底时，我总有一种奇怪的感觉，好像历史忽然倒退到了古希腊罗马时代。而且乱石衰草中间，仿佛应该有着妲己、褒姒的窈窕身影，若隐若现，迷离扑朔。因为中国社会出奇的“稳定性”，几千年来的传统一直传到那拉氏，还不中止。

这一带废墟是圆明园中长春园的一部分。从东到西，有圆形的台，长方形的观，已看不出形状的堂和小巧的方形的亭基。原来都是西式建筑，故俗称西洋楼。在莽苍苍的原野上，这一组建筑遗迹宛如一只正在覆没的船只，而那丛生的荒草，便是海藻；杂陈的乱石，便是这荒野的海洋中的一簇簇泡沫了。三十多年前，初来这里，曾想：下次来时，它该下沉了罢？它该让出地方，好建设新的一切。但是每次再来，它还是停泊在原野上。远瀛观的断石柱，在灰蓝色的天空下，依然寂寞地站着，显得四周那样空荡荡，那样无依无靠。大水法的拱形石门，依然卷着波涛。观水法的石屏上依然陈列着兵器甲胄，那雕镂还是那样清晰，那样有力。但石波不兴，雕兵永驻，这蒙受了奇耻大辱的废墟，只管悠闲地、若无其事地停泊着。

时间在这里，如石刻一般，停滞了，凝固了。建筑家说，建筑是凝固的音乐。建筑的遗迹，又是什么呢？凝固了的历史么？看那海晏堂前（也许是堂侧）的石饰，像一个近似半圆形的容器，年轻时，曾和几个朋友坐在里面照相。现在石“碗”依旧，我当然懒得爬上去了，但是我却欣然。因为我的变化，无非是自然规律之功罢了。我毕竟没有凝固——

对着这一段凝固的历史，我只有怅然凝望。大水法与观水法之间的大片空地，原来是两座大喷泉，想那水姿之美，已到了标准境界，所以以“法”为名。两行可见一座高大的废墟，上大下小，像是只剩了一截的、倒置的金字塔。悄立“塔”下，觉得人是这样渺小，天地是这样广阔，历史是这样悠久——

路旁的大石龟仍然无表情地蹲伏着。本该竖立在它背上的石碑躺倒在上坡旁。它也许很想驮着这碑，尽自己的责任罢。风在路另一侧的小树林中呼啸，忽高忽低，如泣如诉，仿佛从废墟上飘来了“留——留——”的声音。

我诧异地回转身去看了。暮色四合，方外观的石块白得分明，几座大石叠在一起，露出一个空隙，像要对我开口讲话。告诉我这里经历的烛天的巨火么？告诉我时间在这里该怎样衡量么？还是告诉我你的向往，你的期待？

风又从废墟上吹过，依然发出“留——留——”的声音。我忽然省悟了。它是在召唤！召唤人们留下来，改造这凝固的历史。废墟，不愿永久停泊。

然而我没有为这努力过么？便在这大龟旁，我们几个人曾怎样热烈地争辩啊。那时的我们，是何等慷慨激昂，是何等的满怀热忱！和人类比较起来，个人的一生是小得多的概念了，每个人自有理由做出不同的解释。我只想，楚国早已是湖北省，但楚辞的光辉，不是永远充塞于天地之间么？

空中一阵鸦噪，抬头只见寒鸦万点，驮着夕阳，掠过枯树林，转眼便消失在已呈粉红色的西天。在它们的翅膀底下，晚霞已到最艳丽的时刻。西山在朦胧中涂抹了一层娇红，轮廓渐渐清楚起来。那娇红中又透出一点蓝，显得十分凝重，正配得上空气中摸得着的寒意。

这景象也是我熟悉的，我不由得闭上眼睛。

“断碣残碑，都付与苍烟落照。”身旁的年轻人在自言自语。事隔三十余年，我又在和年轻人辩论了。我不怪他们，怎能怪他们呢！我嗫嚅着，很不理直气壮：“留下来吧！就因为是废墟，需要每一个你呵。”

“匹夫有责。”年轻人是敏锐的，他清楚地说出我嗫嚅着的话。“但是怎样尽每一个我的责任？怎样使环境更好地让每一个我尽责任？”他微笑，笑容介于冷和苦之间。

我忽然理直气壮起来：“那怎样，不就是内容么？”

他不答，我也停了说话，且看那瞬息万变的落照。迤逦行来，已到水边。水已成冰。冰中透出支支荷梗，枯梗上漾着绮辉。远山凹处，红日正沉，只照得天边山顶一片通红。岸边几株枯树，恰为夕阳做了画框。框外娇红的西山，这时却全呈黛青色，鲜嫩润泽，一派雨后初晴的模样，似与这黄昏全不相干，但也有浅淡的光，照在框外的冰上，使人想起月色的清冷。

树旁乱草窸窣有声，原来有人作画。他正在调色板上蘸着颜色，蘸了又擦，擦了又蘸，好像不知怎样才能把那奇异的色彩捕捉在纸上。

“他不是画家。”年轻人评论道，“他只是爱这景色——”

前面高耸的断桥便是整个圆明园唯一的遗桥了。远望如一个乱石堆，近看则桥的格局宛在。桥背很高，桥面只剩下了一小半，不过桥下水流如线，过水早不必登桥了。

“我也许可以想一想，想一想这废墟的召唤。”年轻人忽然微笑说，那笑容仍然介于冷和苦之间。

我们仍望着落照。通红的火球消失了，剩下的远山显出一层层深浅不同的紫色。浓处如酒，淡处如梦。那不浓不淡处使我想起春日的紫藤萝，这铺天的霞锦，需要多少个藤萝花瓣啊。

仿佛听得说要修复圆明园了，我想，能不能留下一部分废墟呢？最好是远瀛观一带，或只是这座断桥，也可以的。

为了什么呢？为了凭吊这一段凝固的历史，为了记住废墟的召唤。

心的嘱托

冯友兰先生——我的父亲，于一八九五年十二月四日来到人世，又于一九九〇年十二月四日毁去了皮囊，只剩下一抔寒灰。在八天前，十一月二十六日二十时四十五分，他的灵魂已经离去。

近年来，随着父亲身体日渐衰弱，我日益明白永远分离的日子在迫近，也知道必须接受这不可避免的现实。虽然明白，却免不了紧张恐惧。在轮椅旁，在病榻侧，一阵阵呛咳使人恨不能以身代。在清晨，在黄昏，凄厉的电话铃声会使我从头到脚抖个不停。那是人生的必然阶段，但总是希望它不会来，千万不要来。

直到亲眼见着他的呼吸渐渐急促，血压下降，身体逐渐冷了下来；直到亲耳听见医生的宣布，还是觉得这简直不可能，简直不可思议。我用热毛巾拭过他安详的紧闭了双目的脸庞，真的听到了一声叹息，那是多年来回响在耳边的。我们把他抬上平车，枕头还温热。然而我们已经处于两个世界了。再无须我操心侍候，再得不到他的关心和荫庇。这几年他坐在轮椅上，不时会提醒我一些极细微的事，总是使我泪下。我的烦恼，他无须耳和目便能了解。现在再也无法交流。天下耳聪目明的人很多，却再也没有人懂得我的有些话。

这些年，住医院是家常便饭。这一年尤其频繁。每次去时，年轻的女医生总是说要有心理准备。每次出院，我都有骄傲之感。这一次，是《中国哲学史新编》完成后的第一次住院，孰料就没有回来。

七月十六日，我到人民出版社交《新编》第七册稿。走上楼梯时，觉得很轻快，真是完成了一件大任务。父亲更是高兴，他终于写完了。直到最后一个字，都是他自己的，无须他人续补。同时他也感到长途跋涉后的疲倦。他的力气已经用尽，再无力抵抗三次肺炎的打击。他太累了，要休息了。

“存，吾顺事；殁，吾宁也。”父亲很赞赏张载《西铭》中的这最后两句，曾不止一次讲解：活着，要在自己恰当的位置上发挥作用；死亡则是彻底的安息。对生和死，他都处之泰然。

父亲在清华任教时的老助手、八十八岁的李濂先生来信说：“十一月十四日夜梦恩师伏案作书，写至最后一页，灯火忽然熄灭，黑暗之中，似闻恩师与师母说话。”正是那天下午，父亲病情恶化。夜晚我在病榻边侍候，父亲还能继续说几个字：“是璞么？是璞么？”“我在这儿。是璞在这儿。”我大声叫他，抚摩他，他似乎很安心。我们还以为这一次他又能闯过去。

从二十五日上午，除了断续的呻吟，父亲没有再说话。他无须再说什么，他的嘱托，已浸透在我六十二年的生命里；他的嘱托，已贯穿在众多爱他、敬他的弟子们的事业中；他的嘱托，在他的心血铸成的书页间，使全世界发出回响。

父亲是走了，走向安息，走向永恒。

十二月一日兄长钟辽从美国回来。原来是来祝寿的，现在却变为奔丧。和母亲去世时一样，他又没有赶上；但也和母亲去世一样，有了他，办事才有主心骨。我们秉承父亲平常流露的意思，原打算只用亲人的热泪和几朵鲜花，送他西往。北大校方对我们是体贴尊重的。后来知道，这根本行不通。

络绎不绝的亲友都想再见上一面，不停地电话询问告别日期。四川来的老学生自戴黑纱，进门便长跪不起。南朝鲜（今韩国）学人宋兢燮先生数年前便联系来华，目的是拜见老人。现在只能赶上无言的诀别。总不能太不近人情，这毕竟是最后一面。于是我们决定不发讣告，自来告别。

柴可夫斯基哽咽着的音乐伴随告别人的行列回绕在遗体边，真情写在每一个人脸上。最后我们跪在父亲的脚前时，我几乎想就这样跪下去，大声哭出来，让眼泪把自己浸透。从母亲和小弟离去，我就没有痛快地哭一场。但是我不能，我受到许多真诚的心的簇拥和嘱托，还有许多许多事要做，我必须站起来。

载灵的大轿车前有一个大花圈，饰有黑黄两色的绸带。我们随着灵车，驶过天安门。世界依然存在，人们照旧生活，一切都在正常运行。

我们一直把父亲送到炉边。暮色深重，走出来再回头，只看见那黄色的盖单，它将陪同父亲到最后的刹那。

两天后，我们迎回了父亲的骨灰，放在他生前的卧室里。母亲的遗骨已在这里放了十三年。现在二老又并肩而坐，只是在条几上。明春将合葬于北京万安公墓。侧面是那张两人同行的照片。母亲撑着伞，父亲的一脚举起，尚未落下。那是六十年代初一位不知姓名的人在香山偷拍的。当时二老并不知道。摄影者拿这张照片在香港出售，父亲的老学生加籍学人余景山先生恰巧看见，遂将它买下。七十年代末方有机会送来。母亲也见到了这帧照片。

亲爱的双亲，你们的生命的辉煌乐章已经终止，但那向前行走的画面是永恒的。

借此小文之末，谨向所有关心三松堂的亲友致谢。关系有千百种不同，真情的分量都不同寻常。踵吊和唁文未能一一答谢，心灵的慰藉和嘱托永远铭记不忘。

1990 年 12 月 17—19 日 距曲终已三周矣

哭小弟

我面前摆着一张名片，是小弟前年出国考察时用的。名片依旧，小弟却再也不能用它了。

小弟去了。小弟去的地方是千古哲人揣摩不透的地方，是各种宗教企图描绘的地方；也是每个人都会去，而且不能回来的地方。但是现在怎么能轮得到小弟！他刚五十岁，正是精力充沛，积累了丰富的学识经验，大有作为的时候，有多少事等他去做啊！医院发现他的肿瘤已相当大，需要立即做手术，他还想去参加一个技术讨论会，问能不能开完会再来。他在手术后休养期间，仍在看研究所里的科研论文，还做些小翻译。直到卧床不起，他手边还留着几份国际航空材料，总是“想再看看”。他也并不全想的是工作。已是滴水不进时，他忽然说想吃虾，要对虾。他想活，他想活下去呵！

可是他去了，过早地去了。这一年多，从他生病到逝世，真像是个梦，是个永远不能令人相信的梦。我总觉得他还会回来，从我们那冬夏一律显得十分荒凉的后院走到我窗下，叫一声“小姊——”。

可是他去了，过早地永远地去了。

我长小弟三岁。从我有比较完整的记忆起，生活里便有我的弟弟，一个胖胖的、可爱的小弟弟，跟在我身后。他虽然小，可是在玩耍时，他常常当老师，照顾着小朋友，让大家坐好，他站着上课，那神色真是庄严。他虽然小，在昆明的冬天里，孩子们都生冻疮，都怕用冷水洗脸，他却一点不怕。他站在山泉边，捧着一个大盆的样子，至今还十分清晰地在我眼前。

“小姊，你看，我先洗！”他高兴地叫道。

在泉水缓缓地流淌中，我们从小学、中学到大学，大部分时间都在一个学校。毕业后就各奔前程了。不知不觉间，听到人家称小弟为强度专家；不知不觉间，他担任了总工程师的职务。在那动荡不安的年月里，很难想象一个人的将来。这几年，父亲和我倒是常谈到，只要环境许可，小弟是会为国家做出点实际的事的。却不料，本是最年幼的他，竟先我们而去了。

去年夏天，得知他患病后无法得到更好的治疗，我于 8 月 20 日到西安。记得有一辆坐满了人的车来接我。我当时奇怪何以如此兴师动众，原来他们都是去看小弟的。到医院后，有人进病房握手，有人只在房门口默默地站一站，他们怕打扰病人，但他们一定得来看一眼。

手术时，有航空科学研究院、六二三所、六三一所的代表，弟妹、侄女和我在手术室外，还有一辆轿车在医院门口。车里有许多人等着，他们一定要等着，准备随时献血。小弟如果需要把全身的血都换过，他的同志们也会给他。但是一切都没有用。肿瘤取出来了，有一个半成人的拳头大，一面已经坏死。我忽然觉得一阵胸闷，几乎透不过气来——这是在穷乡僻壤为祖国贡献着才华、血汗、生命的人啊，怎么能让这致命的东西在他身体里长到这样大！

我知道在这黄土高原上生活的艰苦，也知道住在这黄土高原上的人工作之劳累，还可以想象每一点工作的进展都要经过十分恼人的迂回曲折。但我没有想到，小弟不但生活在这里，战斗在这里，而且把性命交付在这里了。他手术后回京在家休养，不到半年，就复发了。

那一段焦急的悲痛的日子，我不忍写，也不能写。每一念及，便泪下如绠，纸上一片模糊。记得每次看病，候诊室里都像公共汽车上一样拥挤。等啊等啊，盼啊盼啊，我们知道病情不可逆转，只希望能延长时间，也许会有新的办法。航空界从莫文祥同志起，还有空军领导同志都极关心他，各个方面包括医务界的朋友们也曾热情相助，我还往海外求医。然而错过了治疗时机，药物难再奏效。曾有个别的医生不耐烦地当面对小弟说，治不好了，要他“回陕西去”。小弟说起这话时仍然面带笑容，毫不介意。他始终没有失去信心，他始终没有丧失生的愿望，他还没有累够。

小弟生于北京，1952年从清华大学航空系毕业。他填志愿到西南，后来分配在东北，以后又调到成都、调到陕西。虽然他的血没有流在祖国的土地上，但他的汗水洒遍全国，他的精力的一点一滴都献给祖国的航空事业了。个人的功绩总是有限的，也许燃尽了自己，也不能给人一点光亮，可总是为以后的绚烂的光辉做了一点积累吧。我不大明白各种工业的复杂性，但我明白，任何事业也不是只坐在北京就能够建树的。

我曾经非常希望小弟调回北京，分我侍奉老父的重担。他是儿子，三十年在外奔波，他不该尽些家庭的责任么？多年来，家里有什么事，大家都会这样说“等小弟回来”“问小弟”。有时只要想到有他可问，也就安心了。现在还怎能得到这样的心安？风烛残年的父亲想儿子，尤其这几年母亲去世后，他的思念是深的、苦的，我知道，虽然他不说。现在他永远失去他的最宝贝的小儿子了。我还曾希望在我自己走到人生的尽头，跨过那一道痛苦的门槛时，身旁的亲人中能有我的弟弟，他素来的可依可靠会给我安慰。哪里知道，却是他先迈过了那道门槛啊！

1982 年 10 月 28 日上午 7 时，他去了。

这一天本在意料之中，可是我怎能相信这是事实呢！他躺在那里，但他已经不是他了，已经不是我那正当盛年的弟弟，他再不会回答我们的呼唤，再不会劝阻我们的哭泣。你到哪里去了，小弟！自 1974 年沅君姑母逝世起，我家屡遭丧事，而这一次小弟的远去最是违反常规，令人难以接受！我还不得不把这消息告诉当时也在住院的老父，因为我无法回答他每天的第一句问话：“今天小弟怎么样？”我必须告诉他，这是我的责任。再没有弟弟可以依靠了，再不能指望他来分担我的责任了。

父亲为他写挽联：“是好党员，是好干部，壮志未酬，洒泪岂止为家痛；能娴科技，能娴艺文，全才罕遇，招魂也难再归来！”我那唯一的弟弟，永远地离去了。

他是积劳成疾，也是积郁成疾。他一天三段紧张地工作，参加各式各样的会议。每有大型试验，他事先检查到每一个螺丝钉，每一块胶布。他是三机部科技委员会委员，他曾有远见地提出多种型号研究。

有一项他任主任工程师的课题研制获国防工办和三机部科技一等奖。同时他也是六二三所党委委员，需要在会议桌上坦率而又让人能接受地说出自己对各种事情的意见。我常想，能够“双肩挑”，是我们20世纪50年代到60年代初期出来的知识分子的特点。我们是在“又红又专”的要求下长大的。当然，有的人永远也没有能达到要求，像我。大多数人则挑起过重的担子，在崎岖的、荆棘丛生的，有时是此路不通的山路上行走。那几年的批判斗争是有远期效果的。他们不只是生活艰苦，过于劳累，还要担惊受怕，心里塞满想不通的事，谁又能经受得起呢！

小弟入医院前，正负责组织航空工业部系统的一个课题组，他任主任工程师。他的一个同志写信给我说，1981年夏天，西安一带出奇的热，几乎所有的人晚上都到室外乘凉，只有“我们的老冯”坚持伏案看资料，“有一天晚上，我去他家汇报工作，得知他经常胃痛，有时从睡眠中痛醒，工作中有时会痛得大汗淋漓，挺一会儿，又接着工作了。天啊，谁又知道这是癌症！我只淡淡地说该上医院看看。回想起来，我心里很内疚，我对不起老冯，也对不起您”！

这位不相识的好同志的话使我痛哭失声！我也恨自己，恨自己没有早想到癌症对我们家族的威胁，即使没有任何症状，也该定期检查。云山阻隔，我一直以为小弟是健康的。其实他早感不适，已去过他该去的医疗单位。区一级的说是胃下垂，县一级的说是肾游走。以小弟之为人，当然不会大惊小怪，惊动大家。后来在弟妹的催促下，趁工作之便到西安检查，才做手术。如果早一年有正确的诊断和治疗，小弟还可以再为祖国工作二十年！

往者已矣。小弟一生，从没有“埋怨”过谁，也没有“埋怨”过自己，这是他的美德之一。他在病中写的诗中有两句：“回首悠悠无恨事，丹心一片向将来。”他没有恨事。他虽无可以彪炳史册的丰功伟绩，却有一个普通人的认真的、勤奋的一生。历史正是由这些人写成的。

小弟白面长身，美丰仪；喜文艺，娴诗词，且工书法、篆刻。父亲在挽联中说他是“全才罕遇”，实非夸张。如果他有三次生命，他的多方面的才能和精力也是用不完的；可就这一辈子，也没有得以充分地发挥和施展。他病危弥留的时间很长，他那颗丹心，那颗让祖国飞起来的丹心，顽强地跳动，不肯停息。他不甘心！

这样壮志未酬的人，不止他一个啊！

我哭小弟，哭他在剧痛中还拿着那本航空资料“想再看看”，哭他的“胃下垂”“肾游走”；我也哭蒋筑英抱病奔波，客殇成都；我也哭罗健夫不肯一个人坐一辆汽车！我还要哭那些没有见诸报章的过早离去的我的同辈人。他们几经雪欺霜冻，好不容易奋斗着张开几片花瓣，尚未盛开，就骤然凋谢。我哭我们这迟开而早谢的一代人！

已经是迟开了，让这些迟开的花朵尽可能延长他们的光彩吧。

这些天，读到许多关于这方面的文章，也读到了《痛惜之余的愿望》，稍得安慰。我盼“愿望”能成为事实。我想需要“痛惜”的事应该是越来越少了。

小弟，我不哭！

1982 年 11 月

三松堂断忆

转眼间父亲离开我们已经快一年了。

去年这时，也是玉簪花开得满院雪白，我还计划在向阳的草地上铺出一小块砖地，以便把轮椅推上去，让父亲在浓重的树荫中得一小片阳光。因为父亲身体渐弱，忙于延医取药，竟没有来得及建设。九月底，父亲进了医院，我在整天奔忙之余，还不时望一望那片草地，总不能想象老人再不能回来，回来享受我为他安排的一切。

哲学界人士和亲友们认为父亲的一生总算圆满，学术成就和他从事的教育事业使他中年便享盛名，晚年又见到了时代的变化，生活上有女儿侍奉，诸事不用操心，能在哲学的清纯世界中自得其乐。而且，他的重要著作《中国哲学史新编》八十多岁才从头开始写，许多人担心他写不完，他居然写完了。他是拼着性命支撑着，他一定要写完这部书。

在父亲的最后几年里，经常住医院，一九八九年下半年起更为频繁。一次是十一月十一日午夜，父亲突然发作心绞痛，外子蔡仲德和两个年轻人一起，好不容易将他抬上救护车。他躺在担架上，我坐在旁边，数着脉搏。夜很静，车子一路尖叫着驶向医院。好在他的医疗待遇很好，每次住院都很顺利。一切安排妥当后，他的精神好了许多，我俯身为他掖好被角，正要离开时，他疲倦地用力说：“小女，你太累了！”“小女”这乳名几十年不曾有人叫了。“我不累。”我说，勉强忍住了眼泪。说不累是假的，然而比起担心和不安，劳累又算得了什么呢。

过了几天，父亲又一次不负我们的劳累和担心，平安回家了。我们笑说：“又是一次惊险镜头。”十二月初，他在家中度过九十四寿辰。也是他最后的寿辰，这一天，民盟中央的几位负责人丁石孙等先生前来看望，老人很高兴，谈起一些文艺杂感，还说，若能汇集成书，可题名为《余生札记》。

这余生太短促了。中国文化书院为他筹办了庆祝九十五寿辰的“冯友兰哲学思想国际研讨会”，他没有来得及参加。但他知道了大家的关心。

一九九〇年初，父亲因眼前有幻象，又住医院。他常常喜欢自己背诵诗词，每住医院，总要反复吟哦《古诗十九首》。有记不清的字，便是我们查对。“青青陵上柏，磊磊涧中石。人生天地间，忽如远行客。”“浩浩阴阳移，年命如朝露。人生忽如寄，寿无金石固。”他在诗词的意境中似乎觉得十分安宁。一次医生来检查后，他忽然对我说：“庄子说过，生为附赘悬疣，死为决疴溃痈。孔子说过，朝闻道，夕死可矣。张横渠又说，生，吾顺事，没，吾宁也。我现在是事情没有做完，所以还要治病。等书写完了，再生病就不必治了。”我只能说：“那不行，哪有生病不治的呢！”父亲微笑不语。我走出病房，便落下泪来。

坐在车上，更是泪如泉涌。一种没有人能分担的孤单沉重地压迫着我。我知道，分别是不可避免的。

我们希望他快点写完《新编》，可又怕他写完。在住医院的间隙中，他终于完成了这部书。亲友们都提醒他还有本《余生札记》呢。其实老人那时不只有文艺杂感，又还有新的思想，他的生命是和思想和哲学连在一起的。只是来不及了。他没有力气再支撑了。

人们常问父亲有什么遗言。他在最后几天有时念及远在异国的儿子钟辽和唯一的孙儿冯岱。他用力气说出的最后的关于哲学的话是："中国哲学将来一定会大放光彩！"他是这样爱中国、这样爱哲学。当时有李泽厚和陈来在侧。我觉得这句话应该用大字写出来。

然后，终于到了十一月二十六日那凄冷的夜晚，父亲那永远在思索的头脑进入了永恒的休息。

作为父亲的女儿，而且是数十年都在他身边的女儿，在他晚年又身兼几大职务，秘书、管家兼门房，医生、护士带跑堂，照说对他应该有深入的了解，但是我无哲学头脑，只能从生活中窥其精神于万一。根据父亲的说法，哲学是对人类精神的反思，他自己就总是在思索，在考虑问题。因为过于专注，难免有些呆气。他晚年耳目失其聪明，自己形容自己是"呆若木鸡"。其实这些呆气早已有之。抗战初期，几位清华教授从长沙往昆明，途经镇南关，父亲手臂触城墙而骨折。金岳霖先生一次对我幽默地提起此事，他说："当时司机通知大家，不要把手放在窗外，要过城门了。别人都很快照办，只有你父亲听了这话，便考虑为什么不能放在窗外，放在窗外和不放在窗外的区别是什么，其普遍意义和特殊意义是什么。还没考虑完，已经骨折了。”这是形容父亲爱思索。他那时正是因为在思索，根本就没有听见司机的话。

他的生命就是不断地思索，不论遇到什么挫折，遭受多少批判，他仍顽强地思考，不放弃思考。不能创造体系，就自我批判，自我批判也是一种思考。而且在思考中总会冒出些新的想法来。他自我改造的愿望是真诚的，没有经历过二十世纪中叶的变迁和六七十年代的各种政治运动的人，是很难理解这种自我改造的愿望的。首先，一声“中国人民站起来了”促使了多少有智慧的人迈上走向炼狱的历程。其次，知识分子前冠以“资产阶级”，位置固定了，任务便是改造，又怎知自是之为是，自非之为非？第三，各种知识分子的处境也不尽相同，有居庙堂而一切看得较为明白，有处林下而只能凭报纸和传达，也只能信报纸和传达。其感受是不相同的。

幸亏有了新时期，人们知道还是自己的头脑最可信。父亲明确采取了不依傍他人，“修辞立其诚”的态度。我以为，这个诚字并不能与“伪”相对。需要提出“诚”，需要提倡说真话，这是我们这个时代的大悲哀。

我想历史会对每一个人做出公允的、不带任何偏见的评价。历史不会忘记有些微贡献的每一个人，而评价每一个人时，也不要忘记历史。

父亲一生对物质生活的要求很低，他的头脑都让哲学占据了，没有空隙再来考虑诸般琐事。而且他总是为别人着想，尽量减少麻烦。一个人到九十五岁，没有一点怪癖，实在是奇迹。父亲曾说，他一生得力于三个女子：一位是他的母亲、我的祖母吴清芝太夫人，一位是我的母亲任载坤先生，还有一个便是我。一九八二年，我随从父亲访美，在机场父亲作了一首打油诗：“早岁读书赖慈母，中年事业有贤妻。晚来又得女儿孝，扶我云天万里飞。”确实得有人料理俗务，才能有纯粹的精神世界。近几年，每逢我的生日，父亲总要为我撰寿联。一九九〇年夏，他写最后一联，联云：“鲁殿灵光，赖家有守护神，岂独文采传三世；文坛秀气，知手持生花笔，莫让新编代双城。”父亲对女儿总是看得过高。“双城”指的是我的长篇小说，第一卷《南渡记》出版后，因为没有时间，没有精力，便停顿了。我必须以《新编》为先，这是应该的，也是值得的。当然，我持家的能力很差，料理饭食尤其不能和母亲相比，有的朋友都惊讶我家饭食的粗糙。而父亲从没有挑剔，从没有不悦，总是兴致勃勃地进餐，无论做了什么，好吃不好吃，似乎都滋味无穷。这一方面因为他得天独厚，一直胃口好，常自嘲“还有当饭桶的资格”；另一方面，我完全能够体会，他是以为能做出饭来已经很不容易，再挑剔好坏，岂不让管饭的人为难。

父亲自奉俭，但不乏生活情趣。他并不永远是道貌岸然，也有豪情奔放，潇洒闲逸的时候，不过机会较少罢了。一九二六年父亲三十一岁时，曾和杨振声、邓以蛰两先生，还有一位翻译李白诗的日本学者一起豪饮，四个人一晚喝去十二斤花雕。六十年代初，我因病常住家中，每于傍晚随父母到颐和园包坐大船，一元钱一小时，正好览尽落日的绮辉。一位当时的大学生若干年后告诉我说，那时他常常看见我们的船在彩霞中飘动，觉得真如神仙中人。我觉得父亲是有些仙气的，这仙气在于一切看得很开。在他的心目中，人是与天地等同的。“人与天地参”，我不止一次听他讲解这句话。《三字经》说得浅显，“三才者，天地人”。既与天地同，还屑于去钻营什么！那些年，一些稍有办法的人都能把子女调回北京，而他，却只能让他最钟爱的幼子钟越长期留在医疗落后的黄土高原。一九八二年，钟越终于为祖国的航空事业流尽了汗和血，献出了他的青春和生命。

父亲的呆气里有儒家的伟大精神，“天行健，君子以自强不息”，自强不息到“知其不可而为之”的地步；父亲的仙气里又有道家的豁达洒脱。秉此二气，他穿越了在苦难中奋斗的中国的二十世纪。他的一生便是二十世纪中国文化的一个篇章。

据河南家乡的亲友说，一九四五年初祖母去世，父亲与叔父一同回老家奔丧，县长来拜望，告辞时父亲不送，而对一些身为老百姓的旧亲友，则一直送到大门，乡里传为美谈。从这里我想起和读者的关系。父亲很重视读者的来信，许多年常常回信。星期日上午活动常常是写信。和山西一位农民读者车恒茂老人就保持了长期的通信，每索书必应之。后来我曾代他回复一些读者来信，尤其是对年轻人，我认为最该关心，也许几句话便能帮助其发掘了不起的才能。但后来我们实在没有能力做了，只好听之任之。把大家的千言信万言书束之高阁，起初还感觉不安，时间一久，则连不安也没有了。

时间会抚慰一切，但是去年初冬深夜的景象总是历历如在目前。我想它是会伴随我进入坟墓的了。当晚，我们为父亲穿换衣服时，他的身体还那样柔软，就像平时那样配合。他好像随时会睁开眼睛说一声“中国哲学将来一定会大放光彩”。我等了片刻，似乎听到一声叹息。

不得不离开病房了。我们围跪在床前，忍不住痛哭失声！仲扶着我，可我觉得这样沉重的孤单！在这茫茫世界中，再无人需我侍奉，再无人叫我的乳名了。这么多年，每天清晨最先听到的，是从父亲卧房传来的咳嗽，每晚睡前必到他床前说几句话。我怎样能从多年的习惯中走得出来！

然而日子居然过去快一年了。只好对自己说，至少有一件事稍可安慰。父亲去时不知道我已抱病。他没有特别的牵挂，去得安心。

文章将尽，玉簪花也谢尽了。邻院中还有通红的串红和美人蕉，记得我曾说串红像是鞭炮，似乎马上会噼噼啪啪响起来。而生活里又有多少事值得它响呢！

1991 年 9 月病中

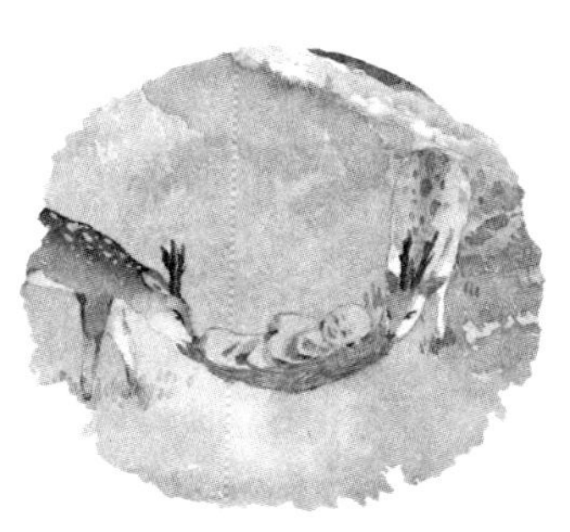

童话篇

蜡笔

花的话

春天来了，几阵轻风，数番微雨，洗去了冬日的沉重。大地透出嫩绿的颜色，花儿们也陆续开放了。若照严格的花时来说，它们可能彼此见不着面，但在这既非真实，也非虚妄的园中，它们聚集在一起了。不同的红，不同的黄，以及洁白、浅紫，颜色十分绚丽；繁复新巧的，纤薄秀弱的，式样各出新裁。各色各式的花朵在园中铺展开一片锦绣。

花儿们刚刚睁开眼睛时，总要惊叹道："多么美好的世界，多么明媚的春天！"阳光照着，蜜蜂儿、蝴蝶儿，绕着花枝上下飞舞，一片绚烂的花的颜色，真叫人眼花缭乱，忍不住赞赏生命的浓艳。花儿们带着新奇的心情望着一切，慢慢地舒展着花瓣，从一个个小小的红苞开成一朵朵鲜丽的花。它们彼此学习着怎样斜倚在枝头，怎样颤动着花蕊，怎样散发出各种各样的清雅的、浓郁的、幽甜的芳香，给世界更增几分优美。

开着开着，花儿们看惯了春天的世界，觉得也不过是如此。却渐渐地觉得自己十分重要，自己正是这美好世界中最美好的。

一个夜晚，明月初上，月光清幽，缓缓流进花丛深处。花儿们呼吸着夜晚的清新空气，都想谈谈心里话。榆叶梅是个急性子，她首先开口道：“春天的花园里，就数我最惹人注意了。你们听人们说过吗，远望着，我简直像是朵朵红云，飘在花园的背景上。”大家一听，她把别人全算成了背景，都有点发愣。玫瑰花听她这么不谦虚，很生气，马上提醒她：“你虽说开得茂盛，也不过是个极普通的品种，要取得突出的位置，还得出身名门。玫瑰是珍贵的品种，这是人所共知的。”她说着，骄傲地昂起头。真的，她那鲜红的、密密层层的花瓣，组成一朵朵异常娇艳的不太大也不太小的花，叫人忍不住想去摸一摸，嗅一嗅。

“要说出身名门——”芍药端庄地颔首微笑。当然，大家都知道芍药自古有花相之名，其高贵自不必说。不过这种门第观念，花儿们也都知道是过时了。有谁轻轻嘟囔了一句：“还讲什么门第，这是十八世纪的话题！”芍药听了不再开口，仿佛她既重视门第，也觉得不能光看门第似的。

“花要开得好，还要开得早！”已经将残的桃花把话题转了开去。“我是冒着春寒开花的，在这北方的没有梅花的花园里，我开得最早，是带头的。可是那些要笔杆儿的，光是松呵，竹呵，说他们怎样坚贞，就没人看见我这种突出的品质！”

“我开花也很早，不过比你稍后几天，我的花色也很美呀！”说话的是杏花。

连翘忙插话道：“论美丽，实在没法子比，有人喜欢这个，有人喜欢那个，难说，难说。倒是从有用来讲，整个花园里，只有我和芍药姐姐能做药材，治病养人。”她得意地摆动着柔长的枝条，一长串的小黄花都在微笑。

玫瑰花略侧一侧她那娇红的脸，轻轻笑道："你不知道玫瑰油的贵重吧。玫瑰花瓣儿，用途也很多呢。"

白丁香正在半开，满树如同洒了微霜，她是不大爱说话的，这时也被这番谈话吸引了，慢慢地说："花么，当然还是要比美。依我看，颜色态度，既清雅而又高贵，谁都比不上玉兰。她贵而不俗，雅而不酸，这样白，这样美——"丁香慢吞吞地想着适当的措辞。微风一过，摇动着她的小花，散发出一阵阵幽香。

盛开的玉兰也矜持地开口了。她的花朵大，显得十分凝重，颜色白，显得十分清丽，又从高处向下说话，自然而然便有一种屈尊纡贵的神气。"丁香的花真像许多小小银星，她也许不是最美的花，但她是最迷人的花。"她的口气是这样有把握，大家一时都想不出话来说。

忽然间，花园的角门开了，一个小男孩飞跑进来，他没有看那月光下的万紫千红，却一直跑到松树背后的一个不受人注意的墙角，在那如茵的绿草中间，采摘着野生的二月兰。

那些浅紫色的二月兰，是那样矮小，那样默默无闻。她们从没有想到自己有什么特殊招人喜爱的地方，只是默默地尽自己微薄的力量，给世界加上点滴的欢乐。

小男孩预备把这一束小花插在墨水瓶里，送给他敬爱的、终日辛勤劳碌的老师。老师一定会从那充满着幻想的颜色，看出他的心意的。

月儿行到中天，花园里始终没有再开始谈话。花儿们沉默着，不知怎么，都有点不好意思。

1963 年

吊竹兰和蜡笔盒

妈妈的书橱上，摆着一盆吊竹兰，它的叶子很有意思，整个叶子是一种鲜嫩的浅绿色，周围有一圈绛紫色的边，当中还有一道宽宽的绛紫色，就好像谁的画笔在上面涂抹了一番似的，但这是吊竹兰自己的颜色和式样，是吊竹兰自己的生命的表现。叶子有一点绒毛，闪着轻盈的光泽，一束束地垂下来，把书橱的玻璃门掩住一小半。

妈妈要出差，临行前把家里的事安排好了，最后问爸爸和小玉："谁管这盆吊竹兰？"

"我管！"小玉举手说。

爸爸说："小玉说大话！"

但妈妈含笑点了点头，就这样决定了。

对一个一年级小学生来说，世界上有多少重要的事呵！新的学校，新的书本，新的人，新的事，都是特别重要！小玉心里，充满了这些特别重要，哪里还想得起吊竹兰呢！

一个晚上，小玉睡了。一会儿，听见有人在哭。小玉问，"是小娃娃吗？你也想妈妈了吗？"但那不是小娃娃，小娃娃好好地睡在她的纸盒做的床里，身上盖着花手帕，整整齐齐，一点没有乱。

“那是狗熊吗？你头疼了是不是？”但也不是狗熊。这狗熊已经过好几个孩子的手，耳朵掉了一个，小玉总认为它在头疼，这时它还是瞪着一双大眼睛，温驯地看着小玉。

哭声还是不停，小玉坐了起来，听出哭声是从书橱那边发出来的。小玉马上明白了，在哭的是吊竹兰！在淡淡的月光中，可以看见它那长长的花茎因为抽噎而不停地扭来扭去。

小玉刚想说话，却听见书橱上一个沙沙的声音说：“不要哭了，你不是还活得好好的吗！”

吊竹兰边哭边说：“我不能光活着，我还得是我自己。你看看，我的颜色都没有了，我还算是吊竹兰么？”

书橱上说：“那不要紧，我可以给你画上红的、蓝的、黄的，你要什么颜色就画上什么，比你本来的紫色还好呐。”原来说话的是小玉的蜡笔盒。那是个瘦长的塑料盒子，底是蓝色的，盖子是透明的，盒子里露出一排各色的蜡笔。这是小玉很喜爱的东西，但这时她觉得那沙沙的声音很讨厌。它一面说着，一面站了起来，一跳一跳地到了吊竹兰身边。

“那可不行！”吊竹兰大叫一声，小玉从没想到看来这样柔弱的植物会发出这样大的声音，她不觉坐得直一些，表示对它的敬意。

“嘿！不必这样大动肝火嘛！”蜡笔盒笑了，“给你涂上红颜色吧？你就更好看了，说不定什么时候，给你送进什么高级植物园里去——举世无双的红吊竹兰！”

“我不要别人给我涂什么颜色，我要的是我自己，要的是从我自己生命里发出来的颜色，懂么？”吊竹兰平静了，认真地、坚决地说。

“原来你是一个我行我素、自高自大、任性的东西！”蜡笔盒的口气好像是恍然大悟。

“这些和我可从来没有关系！”吊竹兰似乎笑了，“你不会懂的，因为你没有生命。”

蜡笔盒沉默了，它可能要想一想“生命”是怎么回事罢。小玉却想问一问，为什么吊竹兰要它自己从生命里发出来的颜色。但她听见开门的声音，爸爸从图书馆回来了。

爸爸进来，只见小玉好好地睡着，小房间里静悄悄地没有一点声音。

第二天小玉一下床，就跳到书橱边看那盆吊竹兰。吊竹兰的叶子成了一片灰色，那绛紫色的边没有了，明亮的绿色也没有了，好像一幅美丽的图画，画上好看的东西都不见了，只剩下一张旧的、灰黄色的纸。

“我应该浇水！”小玉猛然明白过来。

从这天起，小玉每天给吊竹兰浇水，清水渗进了泥土，吊竹兰又慢慢地有了颜色，绿和绛紫色很分明了。她很希望爸爸表扬她，但爸爸什么也没有看见。

又是一个夜晚，小玉从睡梦中醒来，听见嘁嘁喳喳说话的声音。

“你这回真高兴了！”这是蜡笔盒那沙沙的声音，“瞧你多精神，多漂亮！”

已是月圆的时候了，月光照进窗来，满室一片乳白色的光辉，映在吊竹兰叶子上，叶子闪闪发亮。

“好看！”小玉心里赞叹道，一面坐起身来，想看得更仔细些。

“我并不是要好看，”吊竹兰说话了，它的颜色在月光下显得既柔和又鲜明，花茎轻轻拂动着，好像在做着手势，“我要的是我自己的颜色。”

“其实涂上去不一样么？要什么颜色就涂什么颜色，多简便！”蜡笔盒站起身来，转了一个圈，在月光中显示一下它拥有多少颜色，都是随时可以涂抹的。

“什么颜色行时，就涂上什么，对不对？”吊竹兰又激动起来。

“你自己就永远是这个样儿，不能改变么？”蜡笔盒向后退了两步。

“我从来不拒绝改变。但那必须从我自己的生命里发出来——尽管那很痛苦，很艰难——”

“你把很容易的事看得很难！”

“因为我有生命，而生命并不只是活着。”吊竹兰又提到了生命。小玉觉得自己像那蜡笔盒一样的笨了，甚至都不知道应该怎样提问题。

爸爸还没有回来呢，可谁都不说话了。小玉有些遗憾，只有月光温柔地抚摸着房间中的一切。

又过了几天，妈妈回来了，小玉第一件事便是拉着妈妈的手去看吊竹兰。吊竹兰鲜明的颜色在白纱窗帷旁闪动着。

“吊竹兰长得好，它的颜色这样分明。”妈妈高兴地说。

“你知道吊竹兰说些什么？”小玉拉着妈妈的衣襟，仰着小脸看着妈妈。

“在我还是你这样的小女孩的时候，我听见了。”妈妈笑着，一下子把小玉抱了起来。

1978 年底

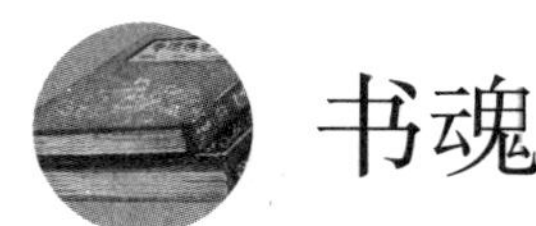

书魂

大屋子，长窗户，明亮的阳光照着满地乱堆着的书籍杂志，屋里显得又拥挤又空荡。妈妈和孟阿姨从早便在这里找一本旧书，一本很有价值的旧书，直到现在还没有找到。

采采拘谨地坐在角落里。她硬拉着妈妈的衣襟不放手，跟来上班了。妈妈苦笑说，就让她待在这儿吧，她答应不捣乱的。

有人来叫妈妈和孟阿姨开会。“你别动这些书，我就回来。”妈妈轻声嘱咐。妈妈知道，采采走起路来，经常左右噼里啪啦往下掉东西，不管碰到什么都毫无感觉，只管摇着小身子向前冲。

屋子里静悄悄。采采仍拘谨地坐着。过了一会儿，她站起身向窗外张望。又过了一会儿，她蹑着手脚绕过一堆堆的书，走到窗前。她只要记得，还是愿意听话的。

窗外有几簇月季花，仰着脸儿，傻乎乎地看着采采。“瞧你们的傻样儿，都不会跟我玩！”采采说。

“喂——”有人招呼采采。她忙转过身，忽见满屋子都是铅笔长短的小人，或坐或站，各在一本书上。屋里顿时热闹起来。

采采好生奇怪，哪儿来的这么多洋娃娃呵。但他们一点不像一般的洋娃娃圆圆胖胖的。他们很瘦小，有些简直像影子在晃动，看不清楚。采采伸手想抓住一个，噼里啪啦！一摞书倒了。“小心点，小心点！”小人们大叫。

“喂——”离她最近的一个小人招呼她。那小人的根据地是一本装帧精美的书，花呢书面烫金字，他正神气地站在书上，向采采招手。

“你们找的是我吧？”他问，声音很大。

“我不知道，要问妈妈。”采采仔细看他，好向妈妈描述。但她无论怎样睁大眼睛也无法看清他的脸面，他的衣服。他似乎是一团半透明的具有人形的雾。采采马上在心里叫他“雾人”。

“请到我家来玩吧。”雾人煞有介事地躬身邀请采采。

“我要问妈妈。”采采说着，却不觉向那本书走过去。忽然间，那书立起来了，花呢书面变成有着同样花纹的大门，门敞开着，烫金字变成匾额挂在门上。采采尚未移动脚步，就滑进了大门。门里轻雾缭绕，景色似很壮丽，但如同挂着纱帘，若隐若现。仔细看时，可以看见，在远处绿树丛中朱红楼阁上飞起的屋檐。

采采往里面走，看着四周的景致，渐渐觉得这景致好像是舞台布景，大概是灯光打出来的幻灯片吧。它们随着雾气流动。走着走着，雾慢慢消了，那些树木峰峦、亭台楼阁都不见了。只剩下一片光秃秃的土地，土地上是一排排光秃秃的木板，竖在那里。再仔细看，那木板都是一个个方块字拼成的。

在一排木板中间，那雾人正忙着，他在绑住那些字。采采奇怪这雾人怎么能有力气，他本身不过是一团雾罢了。奇怪的是，虽是一团雾，他倒是神气十足的，这很容易看出来。

“如果不绑住，就散了。”雾人说。说话间就有一块木板正在稀里哗啦坍下来，满地都是方方的字块。

“快来帮忙！”雾人命令采采。他着急地抱住一大堆字块，但还是神气活现的样子。“这些字板都倒光了，我也就消散了。”他解释道。

采采帮他拼了几块，心里想，“要是这样拼字块也算一本书，一年级小学生都会做的。妈妈要找的书，不是你。”她做了一会儿，歇手看着那些木板，觉得没意思。便向雾人告辞。

这时又有一块板散了下来，雾人忙着对付。采采往回走，几步便到了大门。门关着，采采伸手去推，但什么也摸不着。她径自往前走，毫不费力地出了大门，好像穿过了一个影子。

她又站在大房间里了。这次她看见许多的门。有的像故宫那样有个门楼；有的像外国图画上的，两边有尖尖的柱子；还有普通的房门。“再到哪里看看才好。”采采想。各式门之间，还有许多书散乱地堆在地上。忽然书本上又出现了各样的小人，他们对采采喊：“转过去！转过去！”采采转过有门楼的和有尖柱的大门，看见一个破旧的门，大概从未油漆过，颜色已经黄黑，门上贴着封条，还贴着些乱七八糟的标语。采采不懂那些貌似文明的恶谥，好奇地望了一阵。

“怎么能进去呢？”她自忖。

“挤进去！挤进去！”书上的小人一起喊。

她看见门的下部有一条裂缝，“挤挤试试。”她想，便拼命往门里挤，好家伙！这门是实在的，可不是一团雾。她用足力气，就像那天跟妈妈坐公共汽车那样，挤啊挤的，吧嗒！她掉到门里了。

眼前是多么绮丽的景色呵。满地的绿草，各色鲜花，像一条花绒毯，可以在上面翻筋斗、竖蜻蜓。稍远处有一眼望不尽的树木和竹林。再远处有几座石笋般的山峰，峰腰间缠着轻云，比跳舞的阿姨挥动的白纱还好看。

“要是妈妈也来就好了。”采采想，“不过我可以讲给她听。”忽然间，不知从哪里飘来一阵隐约的歌声。采采侧耳听了一会儿，便随歌声往山上走去。山峰的形状都很奇妙，山色不断地变幻，好像早霞或晚霞那样，一会儿不闲着。景物在变幻中闪着温柔的光，亮晶晶的，有些腼腆，像星星似的。

采采很快来到了山腰，脚下还是繁花绿草，远处一层层山，闪着青光。听！那缥缈的歌声近了些，清楚了些。声调悠扬宛转，唱得人心里发颤。走着走着，歌声下出现了滚滚的雷声。采采转过山腰，眼前只觉白花花一片，隆隆的声响震耳欲聋。原来是一个大瀑布，在山谷间奔腾而下，冲洗着污垢，水中露出几条破烂的标语。水汽蒸腾上接云天。“妈妈！”采采有些害怕，不觉叫了起来。

在瀑布的巨大声响上，飘荡着那高亢的歌声，采采很觉安慰。她很快领会了流水的力量，不害怕了。反而高兴起来。“冲呵！冲呵！”她笑着叫嚷，兴奋得好像听见了少先队的鼓号队在吹奏。

她看了一会儿，再要往前走时，水花和山间的云雾聚在她脚下，把她托了起来。她飘飘荡荡地落在一个有山有水、有树有花的地方。

在一座碧绿的小屋前，一个小人站在那里向着山和水唱歌。

那美好的歌声把人引向更美更好的东西，那是什么呢，采采说不清。她只觉得自己的心在歌声里越来越丰满，头脑越来越清醒，她想这时再让她做那搅作一团的算术题，她大概会的，她还要帮助不会的同学呢。

她心里叫这小人做“歌人”。歌人身后的小屋也发着光，色泽鲜嫩，看上去温软光滑，那是一大块碧玉筑成的。采采很想摸一摸。

歌人发现有人，停住唱歌，转身微笑地看着采采。他的轮廓十分清楚，但采采始终无法向妈妈描述他的容貌服饰，只能说他是个漂亮的人。

“几十年了，我的门关着。”歌人说，“我多么渴望你们能看到这里的一切。”

“我们总会来的。”采采轻轻地说。

“几十年了，我的门关着。”歌人又说，“这里的美和智慧，是属于你们的。”

“这就是妈妈要找的书了。”采采凭直觉想着。她随即看见歌人的脸上发出温柔的光，就像那山和水发出的一样。

“我在屋北角第二摞最底下。”歌人微笑道。他脸上的光辉，碧玉小屋的光辉，还有山和水的光辉，交映在一起，整个的景色显得出奇的美。歌人又唱起了歌，歌声飞扬，山水响起和谐的共鸣。采采十分感动，那种感觉，就像妈妈在抱着她似的。

歌人还在唱。采采知道，虽然他的门关着，他一直在不停地唱；他也会一直唱下去，哪怕他的门永不打开。但人们不会忘记他的歌声，总要来寻找，而总会找到他的。

门开了。妈妈和孟阿姨走了进来。采采张开两臂向妈妈跑去，虽然跑，却小心地不碰地上的书。书里的世界，多有意思呵！“妈妈！妈妈！找到了！我找到了！”

等妈妈真从屋北角第二摞最底下找出一本打满红叉的破书时，妈妈那素来温柔的眼色更加柔和了，眼睛里闪着亮晶晶的泪光。

“你可真了不起呵，采采！”孟阿姨惊诧道，“用书的人该多高兴！这是一本重要的科学书。”

“原来不是歌本儿。”采采想。她不认识用书的人，却为那本书的歌人高兴。至于那忙着把字一块块绑在一起的雾人么——让他消失了也好。

1980 年春

贝叶

她生下来，像任何一个婴儿一样，红皱皱的，张着没有牙的嘴用力哭。她那虽然年轻，已显老相的母亲，轻轻拍她，低声说："不要哭，啊，不要哭。再哭老怪就来了。"

她不懂母亲的话，也不知老怪和她会有什么关系，却真止住了哭，用她那还什么也看不见的眼睛，仔细认真地张望着世界。

她的世界是一个树枝编成的摇篮，里面垫着落叶。纸窗外，风吹得树木瑟瑟地响，树叶一片片飘飘荡荡落了下来。母亲摇着她，"宝贝，贝贝——"一片小小的黄叶落在窗上。"贝——叶"，母亲说。那便成了她的名字。全村人谁也不知道贝叶是贝多罗树的叶子，应该在上面写佛经。

贝叶渐渐长大了。她不只听见树林在响，也听见远处大海的波涛声。大海似乎是很可怕的地方，老怪便住在里面。她在村外山口踮着脚尖向远处望，常常看见正在发怒的大海，竖立的波涛仿佛连天都要卷进去。

据说大海原是仁慈慷慨的，每次潮落，都留下许多好东西，人们像赶集一样去"赶海"。自从老怪霸占了这片海，海给人的只剩下了恐惧。“老怪来了！”年复一年，母亲们这样吓唬孩子。年复一年，人们在海边排列着供品，有猪羊鸡鸭，各种粮食，主要的一件是一个人。像许多民间传说一样，妖魔要吃人。不过这老怪要的不是童男童女，是十五岁以上的大人。

这一带村庄每年抽签，十五岁以上的人都参加。谁抽到一张画着黑十字的纸，谁就是供品。人们战战兢兢地过日子。贝叶长到了十五岁，管事的人让她抽签，她说：“不必抽签了，我愿意去！”

人们说她因为有了这样一个怪名字，所以才这样傻，傻到自己往妖魔嘴里送。“可是总得有人去呵。”贝叶想，“总得有人降魔捉怪，不然人怎么活呢。”

她临行前，在小屋前的树上折下一段树枝。母亲流着泪问：“带它做什么？”“家里的东西，可以壮胆。”贝叶回答。母亲大哭了，一面把树枝修整成一根光洁的木棒，乳白的颜色中透出浅浅的青绿，一头尖尖的，另一头有一簇赭色的叶。

贝叶手持木棒，和猪羊供品一起，站在沙滩上。海水一个浪头接着一个浪头往岸上冲来，浪头越来越高，像一座座活动的大山，浪头落下时，发出轰然巨响，水柱从空中浇下来。贝叶不停地发抖，但是仔细认真地看着海浪，不肯眨一下眼睛。

“哈哈哈！”忽然一阵令人毛骨悚然的长笑，从一座高可接天的浪峰中传出，紧接着，竖起的巨浪里露出一个巨大的龙头，张须怒目，向着海岸扑来。

贝叶举起手中的木棒。在荒凉的、没有人烟的沙滩上，这样娇小的一个人儿，举着一根细细的木棒，来对付咆哮的海中的狰狞凶恶的大龙。

“哈哈哈！”无怪乎老龙笑了，但他停住了。摆上宴席的菜肴自己带着武器，他还是第一次看见，哪怕仅只是一根树枝。他看见贝叶的长发在海风中飘拂，她那湿透了的衣衫在惨白的骄阳中发着光，好像是一身铠甲。她的眼睛，那从小就认真看着世界的眼睛，亮得要喷出火来。

“你是谁？”龙的声音并不难听。浪峰随着他站住，好像一堵巨大的玻璃墙，墙中嵌着威严的龙头。

“我是贝叶。”贝叶小心地握着尖尖的木棒。

龙沉默着，海水也沉默着。忽然，海水汹涌起来，隐约可以看见龙的宏伟身躯在水中翻动。龙大声问道：

“你嫁给我，好吗？”

“我来，就是要嫁你的。”贝叶回答。

“哈哈！”龙又笑了，“你自己走下海来！”他威严地命令。转眼间，滔天的浪，巨大的龙头都不见了，岸上的猪羊等物也不见了，只有贝叶孤零零地对着碧蓝的平静的大海，头上是惨白的骄阳。

村人在远处山口看见龙退去了，贝叶留着。他们跑下山，大声呼叫：“贝叶，回来！回来呵，贝叶！”

贝叶没有回头。她从木棒上摘下一片叶子抛在海面上，叶子滴溜溜转着，越来越大，贝叶跨上去，叶子便向海中心漂去，在茫茫大海中，很快就看不见了。

跑到山脚下的人们，错落地跪了下来。

叶船在茫茫大海上疾行如飞，贝叶的长发向后飘拂，如同一面墨黑的帆。船很快来到一个大漩涡，海水在漩涡里旋转，小船旋了进去，像顺着螺旋形滑梯似的向下滑，贝叶落到海底。她看见自己站在一个拱门前。拱门是红白两色珊瑚树交叉形成的。“哈哈哈！”随着笑声，一个中年男子走出来。他的头呈方形，虽然有人的端正五官，却仍有魔怪的狰狞意味。半秃的头顶使他显得有些疲惫。他引贝叶进了拱门，又进了一个大岩洞，转了几个弯，来到一个大厅。厅中四壁亮闪闪的，如同缀满雪花。正面墙上一长串白色的球，贝叶定睛细看，不觉用手紧握住木棒。原来那都是人头骨！那都是她邻舍乡里，可谁是谁，再也分不清。

“你是来嫁给我了！哈哈！”龙笑道。

“不过有一个条件，”贝叶手持细木棒站在厅中，神气如同持着一根王杖，“你永不能再吃人。”

“哦，哦！”龙觉得很好玩，“你是奸细么？”

“我是人。”贝叶回答。

龙答应了。贝叶住了下来。她是个很好的妻子。把凌乱的洞穴收拾得舒适宜人。她给龙吃人的饭食。甚至在海底开了个小菜园，在海礁、珊瑚之间搭了些豆棚瓜架。一年以后，贝叶生了一对双胞胎，一男一女，十分可爱。他们的摇篮是大贝壳，里面铺满海藻。龙到晚上总是恢复龙的身躯，伸展在岩洞中。起初，他不让贝叶看见他的睡态，等有了孩子，他要贝叶和孩子睡在他头边，好随时看见他们。他还常让贝叶在龙鳞上按摩，催他入睡。

三年以后，孩子会满地跑了，他们看见厅中的一长串人头骨。“那是什么？要！要！”小手指着人头。贝叶把他们哄开去，把人头一个个深深地埋进海底。龙总是爱仔细观察自己的家，他对这个家很满意。他很快发现大厅中少了这重要的装饰。“人头哪里去了？”他咆哮起来。

“不要了，不吃人了。”贝叶微笑。

龙大发雷霆，蓦地现出原形，粗大的身躯在水中翻腾，海底都晃动起来。“那是我的法宝！”龙头逼在贝叶跟前叫道，呼吸把贝叶的长发吹得根根竖起。“人头越多，我的力量越大！”是的，罪孽往往是与力量成正比的。

贝叶拉着两个孩子，伤心地看着龙的狰狞的头。

“你要我永远不吃人？没有那样的事！”龙说，“好在我还有——”

“还有什么？”贝叶镇定地问。

“——还有大海的力量！”龙得意地笑了，“你这奸细！你能奈何我？！”他因为得意，不一时便消了怒气。贝叶渐渐知道，龙的秘密在从头顶数起第九块龙鳞里。她每次按摩时，龙绝不让她碰那一块鳞的。贝叶不想伤害他，只要他不伤害人类，她是要一辈子伴着他的。她甚至有些可怜他，他那样大，那样蠢——“也许有一天他又会吃人。”贝叶想，望着他的睡态，心里的一点怜惜忽然冻住了，冻得像铁一般硬。“那——我就杀了他！”

十年过去了。一天，龙从外面回来，还是中年男子的模样，方脸上带着笑意，颈上沉甸甸地挂着什么。贝叶细看时，见那是一串人头骨，新鲜的人头骨，海水还没有洗去上面的血迹。贝叶又恨又怕，发起抖来，就像当年在沙滩上一样。

“你吃了人？”

“我痛痛快快吃了一顿！补偿十年的斋戒！可不是在你的村庄。”龙笑着，把项上的人头挂在大厅中，厅中的雪花登时发出凄惨的光。两个孩子高兴地跳上去看，“这是什么？”“这是好东西，你们长大也要吃！”龙一手一个抱起两个孩子，让他们看。孩子们嬉笑着，真以为是好玩的东西。一会儿，龙躺下休息，他一躺下，立刻仍化为龙。

贝叶悄悄地找到她的细木棒。她几乎想不起把它放在哪里了，她多荒唐！木棒一点没有变，仍旧像离开家乡时一样，颜色乳白，泛着浅浅的青绿。她用木棒挠开第九块龙鳞，发现里面满是晶莹的细珠子，光华四射。珠子很快流进水中，而且立即消失了，没有一点痕迹。贝叶伸手抓捞，什么也摸不到。长发垂下来，触在流淌的珠子上，轰的一声，贝叶满头烧起熊熊的火焰，就像长发在大风中飞舞一样，红的火舌在她头上飞舞。贝叶吃惊地站起身，又镇定地用力把木棒向第九块龙鳞下狠狠戳进去。

只听天崩地裂一声巨响，龙猛然扭动身躯，向水面腾起。洞穴坍了，大石一块块倒下来。海水咆哮着竖起一个个浪峰。人头本来应随着大龙供他驱使，现在他已失去海赋予的力量，便一个个给岩石压碎了。海面上风雨大作，雷电交加，贝叶头上的火照亮了黑夜。海水浇在火焰上发出吱吱的响声，火却越烧越旺。木棒已变为利剑，贝叶持剑一次次向龙刺去。龙都勉强躲过了。贝叶也躲过了龙的尖牙、利爪和尾巴。这一场恶斗几乎把海翻了个儿。龙已伤了元气，行动越来越迟缓，斗了一阵，贝叶一甩满头的火焰，一剑斩下了龙头。龙的身首各自腾地跳出水面，然后重重地落下，沉向海底。

贝叶举着剑看龙会不会再上来，忽见两条小龙向她扑过来，她举剑挥去，两条小龙的头都落进海里，小龙的身子立即变成两个无头孩子，站在水面上。

贝叶愣住了，半天才喊出来："我的儿！我的女！——你们跟着爹爹去吧！"遂掉首不顾，从木棒的一端摘下一片叶子，抛向海面，叶子转眼变成小船，她纵身跃上，叶漂如飞，直奔岸上。

海水汹涌着追她，一个浪头又一个浪头打了下来。波涛中响着清脆的孩子的哭叫声，"妈妈！妈妈！"贝叶回头望时，见她的儿女在浪头上赶来，四只小手向她伸着，"妈妈！妈妈！"声音是从肚脐发出来的。

贝叶头上的火向上蹿了一尺多高。她随手在波浪中斩了一个鱼头，一个虾头，扔给她的孩子。孩子有了头，各自凸着眼睛盯着母亲，从鱼嘴和虾嘴里叫着妈妈，扑在船边。贝叶拉他们上了船，一直漂到岸边。风吹着她头上的火焰，像一面血红的帆。

朝阳正在升起，照得海面红彤彤的。远处山上，一片绿树，掩映着竹篱茅舍。贝叶心中像流过了一缕甘泉。"家乡，我的家乡——"她恨不得一步走到自己的村庄，看看隔绝多年的母亲，看看门前的树，木棒是从那树上取下的。她走着，头上的火苗飞舞着，两个小孩畏怯地牵着她的衣襟，沙滩上显出缭乱的黑影。

她走到山脚下，听见一个老人和一个孩子在说话。

“十年前，贝叶就从这里下海去了。”

“她为了大伙儿去的，是吗？”“是的。”“她还回来吗？”“她为大伙嫁了老龙，不回来了。”

“我回来了！”贝叶高兴地说，顺着石阶向山上跑去，刚转过一个山坡，说话的两人就吓得大叫，拔脚往村里逃。“妖怪来了，老怪派来的！”老人用力地嚷，拼命拖着接连摔跤的孩子，转眼逃得不见影踪。

贝叶觉得十分寒冷，比这么多年在冰冷的海底还要寒冷。她站住了，看看自己孩子的鱼头和虾头，看看自己头顶的火焰在山石上投出的跳动的影子，“我不回来——不能回来了。”她认真地仔细看着不远的村庄，那里已经是人声鼎沸，一片惊恐的气氛。她弯腰抱着孩子，头上的火越烧越大，母子三人很快成了一个火团。

村中有婴儿落地的啼哭声，那红皱皱的婴儿不用担心妖怪了。通红的火团中，贝叶仍认真地向村庄看着，随即慢慢地闭上眼睛。

惊恐过后，村人走出村来下田下海，一切是这样宁静，好像这里从没有过异常的事。只在路旁，有一堆新烧的灰烬，在朝阳下闪闪发亮。

1980 年 10 月

冰的画

岱岱出疹子，妈妈要他躺在床上，不准起来。他起初发高烧，整天昏沉沉的，日子还好打发。后来逐渐好了，还让躺着，而且不能看字书，怕伤了眼睛，真腻烦极了。白天妈妈不在家，几本画书都翻破了，没意思！他只好东张西望，研究家里的各种摆设，无非是桌、椅、柜、橱，他从生下来就看着的。窗台上有一个纸盒，资格倒还不老。盒里有一点泥土，土中半露着几棵柏子，柏子绿得发黑，透出一层白霜。那是岱岱采回来给妈妈泡水喝的，可她总不记得。

晚上妈妈回来，总是微笑着问："岱岱闷坏了吧？"一面拿出一卷果丹皮，在他眼前一晃。岱岱更知道妈妈是累坏了，两只小手攥住妈妈冻僵的手，搓着，暖着，从不抱怨自己的寂寞。

可能是近来睡得太多了，这一天岱岱醒得特别早。妈妈已经走了。他想看窗外的大树，但是看不见。他以为窗帘还没有拉开，屋里却又很亮。他仔细看着，原来窗上的四块玻璃，冻上了厚厚的冰，挡住了视线。

"一层冰的窗帘。"岱岱想。今天一定冷极了。他想找一个缝隙望出去，目光在冰面上搜寻着。渐渐地，他发现四块玻璃上有四幅画，那是冰的细致而有棱角的纹路，画出了各样轮廓。

右上首的一幅是马。几匹马？数不清。马群散落在茫茫雪原上，这匹马在啃着什么，那匹马抬起头来了。因为冰的厚薄不匀，它们的毛色也有深浅。忽然马匹奔跑起来，整个画面流动着。最远的一匹马跑得最快，一会儿便跑到前面，对着岱岱用蹄子刨了几下，忽然从画里蹿了出来，飞落在书柜顶上。

“哈！你好！”岱岱很高兴马儿来做伴，“你吃糖么？”

马儿友好地看着岱岱，猛然又从柜顶跃起，在空中绕着圈子奔驰。它一面唱着：“我是一匹冰的马，跑呵跑呵不能停；我要化为小水滴，滋养万物得生命。”它的声音很好听，是丰满厚重的男中音。跑着跑着，它不见了。

岱岱忙向玻璃上的冰画里找寻，只见左上首冰画中万山起伏，气势十分雄壮。远处一个水滴似的小点儿，越来越大，果然是那马儿从远处跑进这幅画中了。它绕着各个山峰飞奔，忽上忽下，跳跃自如。一会儿，山的轮廓渐渐模糊了，似乎众山都朝着马儿奔跑的方向奔跑起来。“群山如奔马。”岱岱想。这是妈妈往西北沙漠中去看爸爸时，路上写的一句诗。

左下首的冰画是大朵的菊花。细长的花瓣闪着晶莹的光，花儿一朵挨着一朵。岱岱的目光刚一落上，它们就一个接一个慢慢地旋转起来，细长的花瓣甩开了，像是一柄柄发光的伞。忽然有什么落在伞上了。是一个小水滴么？水滴中还是那匹马。水滴连同马儿在花瓣上轻盈地跳着，马儿在水球里举蹄摇尾，随着水球滚动做出各种姿势。一会儿，水的外罩顺着花瓣流下去，马儿好像脱去了外衣，它抖了抖身子，灵巧地踏着旋转的花瓣跳舞。对了，妈妈昨晚讲过在唐朝宫廷里象和马跳舞的故事，该给它们配点音乐才好。岱岱伸手去拿录音带盒。真糟糕！忘记问妈妈，象和马跳舞都用什么音乐了。

马跳着，花瓣也参加了，好像许多波纹，随着马的舞姿起伏。一会儿，马停住了跳舞，侧着头屈了屈前腿，便从花瓣上飘然落下，在它落下来的瞬间，细长的菊花瓣齐齐向上仰起，好像是在举剑敬礼。

右下首的冰画中只有一棵松树。一丛丛松针铺展着，冰的松针，冰的松枝，冰的树干，树干嵌入窗棂中，像是从石缝里长出来的。树干向上斜生，树枝则缓缓向下倾斜，一丛丛松针集在一起，成为一个斜面。斜面上有一滴亮晶晶的东西滚动着。又是那马儿在里面！它好像玩球似的，在球里面踏动，水滴慢慢滚着，它还是四脚着地，十分悠闲。随着水滴的转动，树枝的斜面越来越向下，马儿的长长的鬃毛飘起，它在向远处飞奔，越来越小，然后水滴里什么也没有了，像一个透明的球，一直滚落在窗台上。

岱岱忽然看见窗外的大树了。它那光秃秃的枝丫，向冬日的天空伸展着。冰画都消失了，只有一层淡淡的模糊的水汽。

窗台上湿漉漉的，太阳出来了。

第二天妈妈休息，岱岱要请妈妈参观冰的画。于是妈妈不忙去做饭洗衣，而和岱岱一起躺着，自得其乐地观赏那四块玻璃。

“看哪！妈妈！”岱岱低声叫道，好像怕把画儿吓跑了。

“左上首是一只鸟，正拍着翅膀要飞。”妈妈轻轻说。

“它的翅膀是冰做的。”岱岱说。有这样的能从玻璃上读出画来的妈妈，他真觉得骄傲。“看哪！它飞出来啦！”

冰的鸟真从画中飞出来了，停在屋中的白纸灯罩上，用两只脚爪抓住灯罩内的铁丝圈。它的翅膀一开一合，闪耀着彩虹一般的光。

“当心触电！”岱岱提醒它。

鸟儿似乎一笑。它的笑当然是用眼睛，而不是用嘴。它飞起来了，绕着屋子飞了一圈又一圈，满屋都是彩虹般的光，随着它的翅膀飘动。

不多时，它停下来啄啄翅膀，发出竖琴般的悦耳的声音。随即又飞起来，唱起了歌：“我是一只冰的鸟，飞呵飞呵不能停。我要变成小水滴，滋养万物得生命。”它的声音明亮柔和，是次女高音。它飞着唱着，虽然还在屋内，却好像越来越远。渐渐地，歌声连同唱歌的鸟儿，都消失了。

“看右上边，它要进去了！”岱岱说，但是右上边的冰画是一幅静静的村景，有房屋、树木，还有一片清晰的倒影。“那是沙漠上的海市蜃楼！”妈妈叫起来，“我和爸爸一起看见过的！”

爸爸在沙漠里从事一项伟大的工作，已经好几年了。“要是画里有爸爸就好了。”岱岱想。他往左下首去找，这里是亮闪闪的一片，好像只有沙粒铺在画面上，一直伸延到很远。

“那是月光下的沙漠！”妈妈微笑了，眼睛里有泪水的亮光。

“可是没有爸爸。”

右下首的冰画出了一道长长的彩虹。彩虹的弯穹下飞出了那只冰鸟。它扇动翅膀，满幅画流动着绚烂的光亮的颜色。彩虹忽然摆动起来，蹁跹摇曳，和鸟儿一起跳舞。它们跳得那样快活，那样一心一意！跳着跳着，画中的颜色和光亮都越来越淡。一层飘来的雾气遮住了彩虹和冰鸟，整个画都不见了。玻璃上有一排参差不齐的水滴，向下慢慢地流淌。

窗外那光秃秃的大树，占满了四个镜框，向冬日的天空伸展着。

窗台上湿漉漉的。太阳出来了。

春天来了。妈妈和岱岱打开窗户，做春季大扫除。“呀！”岱岱叫道。“妈妈快看！”原来随便扔在窗台上的柏子，已经长出细细的鲜亮的嫩芽。

“它会长成一棵大树。”妈妈说，指指窗外。窗外的大树不再光秃秃，枝丫上的小叶泛出青青的颜色。

岱岱起劲地擦窗户，那冰的画没有了。但是每个小水滴，都高兴地施舍了它自己。尽管可能长成的大树不见得会记住它们。

1981 年 11 月

紫薇童子

这一年春天来了。草地在一夜间绿了起来，柳枝也不知不觉地泛出了嫩鹅黄。地面上，树梢头，荡漾着活泼泼的生意。这是种花植树的好时节。

“黎奇子，你不种点什么吗？”黎奇子的左邻右舍有时好心地搭讪着问一句：他们住的是一排排平房，每家门前有一小块空地。解放初期种的许多花草树木，到二十世纪六十年代统统给砍伐干净，代之以大白菜、小萝卜。后来，忽然间花花草草都遇了大赦，而且身份日高。近年人们除政治觉悟外，稍有科学觉悟。种花植树，已经是先进行为、时髦风尚。

不过，黎奇子对邻居好心的搭讪，却从来报之以怒目。邻居老太太们也不计较，便自问自答：“哎呀，这会儿可不是，人人都忙，太忙，顾不上。”她们望着远处，不看黎奇子的跛腿。

因为种花植树先进且时髦，这一年是从上到下雷厉风行了。负责居民委员会工作的骆奶奶领来了一大堆树苗，传话各家前去领取。并且声明：这是任务。

黎奇子儿时，曾眼见骆奶奶——那时人称骆大妈——率领一干人等把这一带植物拔得精光，他只好怒目而视。他就这样怒目而视，直到如今。所以现在听到领取树秧子的召唤，他还是愤愤地说了一个字：“呔！”

不过，他傍晚走过骆奶奶家时，拐杖清脆的响声还是惊动了老太太。她也拄着拐杖赶出门外，一把把他拉住，连声让屋里坐。“好黎奇子，好孩子。你才来！好花苗儿都领完啦！什么蔷薇、棣棠、丁香，样儿不少呢。现在就这几棵了。”说着，指指门边一堆歪七扭八的枝条，“不知道剩的是什么花，什么树。”

“管它什么花树呢，我挑两棵！”只见从门外冲进一个彪形大汉，是丁排西头的老古，“发什么，有我的一份儿！”顺手就在门边翻翻拣拣。

“你还有地方儿吗？”骆奶奶问，“还有两棵像样儿的，给黎奇子吧。他那儿荒着。”

“这不是发给各住户的吗？”老古气势汹汹，“不拿白不拿！”

黎奇子的拐杖往地上重重一敲，还是只能怒目而视。这时骆奶奶忙起身帮他拣了一棵。他摇摇头，他有他的主意。

“我要那棵。”他说。那棵在这拣剩的堆儿里也是最该淘汰的，枝条裂开了，根部有一半焦黑，显然是火烧过的。

“那可不一定能活。”骆奶奶抱歉地说，“我的小孙子错把它当柴烧，我给抢出来的。”

黎奇子费力地俯身拣起那枝条：“就是它吧。”

老古目光中流露出嘲笑，骆奶奶脸上有些怜惜。他们想的却是一样：这残疾人拣了一棵残废秧子。

黎奇子回到家中，暮色已经四合。他看得出手里的树秧有一种天生的秀气，也更显得可怜。他在刚刚复苏的绿草中把它种上了。

时光易逝，不觉又过了两个寒暑。这是秋高气爽的季节，也是收获的季节。黎奇子参加了集体缝纫社，可是他不喜欢这工作，还是怒目对待周围的一切。他门前的蓬蒿长到齐腰高，有的儿及肩背，他那小小的门隐在草丛中。秋天的月升起来了。

黎奇子睡一觉醒来，睡不着又不愿胡思乱想，起身拉开小窗上的旧布帘，向深邃的夜空看去。

这是月夜，月光像一张温柔的网，轻轻地笼罩着大地。一切贤愚不肖，都在她怀抱之中。黎奇子揉揉眼睛，忽然见一个小小的身影站在月光下蓬蒿间的小路上。

谁家孩子这么晚了还跑出来？要偷东西么？黎奇子刚要大喝一声，那孩子朝门口跑过来了。

“黎奇子大哥，我来看看你。”一个清脆的声音叫道。

黎奇子开了门，转眼间，那孩子已站在他身后，仰着小脸儿笑吟吟地望着他。“我是新搬来的，住在前面一排。”孩子随手一指，“你就一个人呵，黎奇子大哥？”

黎奇子一个人习惯了，别人也都习惯他一个人。忽然有人问起，好像要打开一本久已搁置的书，有些措手不及。他转过身，想了想才回答：“父母双亡，并无兄弟，尚未婚娶，自然是一个人。”他伸出右腿，“小儿麻痹后遗症，我习惯了。”他一面说一面仔细打量眼前的孩子。只见这孩子约八九岁，头戴紫色绉边小帽，身穿紫色上衣，领口胸前，缀有宽的细绉边，下身着绿色半长裤。容貌甚是俊秀。孩子见打量他，笑道：“我这不是港式穿戴。我来看看你，你寂寞吗？”

“寂寞？”黎奇子看看几件堆在小桌上没有缝完的衣服，伸手把它们全撸到地上，“你管我呢，你姓什么？”

“我么？”孩子一愣，“我姓魏。因为我总穿紫衣，大家叫我紫魏。”

“你为什么总穿紫衣服呢？”

“我生来——生来就喜欢紫颜色。”孩子仍是笑吟吟地，头左右歪来歪去摇着。他只要一动，帽子和衣服上的绉边就发出淡紫的亮光。

黎奇子笑了，他觉得很好玩。

“咱们来玩什么？”孩子说。他蹲下去捧起地上的衣服，“这个边没有缝好。”黎奇子的任务就是缝边，因为他不能踩机器。他觉得这不是男子汉的活儿，真烦透了。

“这多好玩呵！”孩子高兴得像得了什么宝贝，“你可以变着花样做各种的边，还可以做我这样的绉边。”他又说又笑，飞针走线。黎奇子觉得好奇。他们一边动手一边说话，不知过了多久。然后黎奇子不知不觉睡着了。

次日清晨，黎奇子一醒就跳起来，拿过那几件活计仔细看，翻过来掉过去，也没有紫魏留下的痕迹。该缝的地方仍旧裂开，等着他自己的劳动。可是黎奇子心里踏实，好像有个空处给装上了什么。他到屋外打水，觉得空气特别新鲜，蓬蒿格外茂盛，初秋的凉意沁人心脾。

他忍不住站定了伸开两臂深呼吸。

忽然，在一片浓绿中有一点鲜亮的紫色，亮闪闪的，使他一惊。那棵烧焦了的树秧长大了，开花了！一簇簇紫色小花朵儿，花瓣打着皱褶，像是薄纱做的。一个个花苞像小圆球儿。小圆球儿打开了，花朵一圈六个或八个，开成一个个小花环，许多个小花环拥在一起，形成一簇簇花朵。每朵花的曲折的褶子里都盛满了笑意，就像昨夜的孩子那样笑吟吟的。他似乎听见一声："黎奇子大哥，你早。"

黎奇子站在花旁边，看了又看。他忍不住招呼每一个走过的邻居："开花啦！我种的花开花啦！"他就像笑着的花一样笑吟吟的，使得邻居们颇为惊异。骆奶奶从这儿过时，把两手一拍说："可不是，我就说能长成材，这不开花了。"她凑近了花，研究了一番，告诉黎奇子这是紫薇，一种观赏植物。"只为看的。咱们这儿还没种过的，头一棵！"

这天晚上，黎奇子煮挂面时多煮了半包，还不时往窗外看。他相信孩子还会来，想看清他从哪里来。夜深了，月光直透进窗来。就在一眨眼间，孩子又站在小路上，周围的蓬蒿拥着他，空中的月光领着他，向门前跑来了。

"喂！"一声清脆的笑嚷，孩子已经站在黎奇子身后。

黎奇子真高兴，虽然他没有弄清孩子从哪里来。"你吃过饭吗？这是给你的。"他把留着的面放在孩子面前，好像他从来当惯了长兄。

"你真好，黎奇子大哥！"孩子仍是笑吟吟，小心地把碗挪开。"我要喝水。"他找着水罐，一气喝了下去，整个人立即更精神了，衣帽上褶边的光更亮闪闪，俊秀的小脸更鲜艳了。他拿起线团利索地缠线，一面说："我小时候——"自己哈哈笑了，"这么说，好像我已经老了——就说前两年吧，我身体不好，烧伤了。以为自己只有扔垃圾箱的份儿。可是有人怜惜我，看重我——我也得活个样儿出来。"

"怎么就算是活个样儿出来？"黎奇子低头坐着，闷声问。

"嘶——嘭！"孩子忽然比画着向远处打起枪来，然后忽然扑过来抱住黎奇子的腿，摩挲着。"受伤啦？我会开药方。"他笑得那么畅快，完全是一派过家家的神气。

这孩子！有时说话像五十岁，有时就像五岁。黎奇子真觉得好玩。孩子的摩挲使他想起气功，只要把气导顺了，会有意想不到的结果。他们说着，笑着，手上做着活。不知道孩子什么时候走的。

次日清早，黎奇子第一件事就是给紫薇浇水。紫薇的花朵像是一个个戴着绉边小帽的童子脸，全都透着笑意。黎奇子浇水时也忍不住笑。

孩子夜夜来和黎奇子做伴。日子还不长，可黎奇子变化很大。人人觉得他变得温软了，活泛了。那金刚怒目渐渐往拈花微笑这边变。他对缝纫社的事也热心多了。"十一"前后，他主动到那间小门面值了两个夜班。

等他完成值班任务，兴高采烈回到家时，一眼就看见绿草丛中有一个水缸大小的坑，像一张正在哇哇大哭的嘴。紫薇树不见了！

"我的紫薇丢了！谁偷了我的紫薇？！"黎奇子大声嚷起来，吼得四邻都探出头来。他在街上跑。"我的紫薇丢了！谁偷了我的紫薇？！"有人吓得躲进门去，有人冷笑："这就叫禀性难移！"

黎奇子在丁排西头老古家站住了。他清楚地听见那清脆的声音在叫："黎奇子大哥！"他一脚踢开篱门，看见在拥挤不堪的植物中，他的紫薇怯怯地在角落里露出鲜亮的颜色，不由得大喝一声："呔！"

老古正在院里，厉声说："你嚷什么？你的紫薇丢了，往人家家里闯！"

黎奇子的怒目真到了目眦尽裂的地步，他一步步逼近姓古的，猛地抡起拐杖——可是又听到一声"黎奇子大哥"，好像有人拉住他的手臂，把抡圆了的拐杖拉了下来。老古本没有把跛腿小子放在眼内，这时更得意了，说："我是新添了一棵紫薇。花嘛，谁都有。你说是你的，你叫得它应！"

不必说这一带从来没有人种紫薇，就是在紫薇林中，那绉纱小帽，那紫衣绿裤，还有那烧焦了也还是十分秀气的根枝，黎奇子也认得清！可是哪个花树会回答人的呼唤呢？

这紫薇竟然回答了！它的一簇簇花朵在枝头颤动着，忽然，一片片花瓣飘落下来，圆球似的紧紧连在枝上的花蕾也雨儿似的往下掉，连绿得正浓的叶子也纷纷离开树枝。转眼间，这紫薇只剩下光秃秃的枝干，好像哭干了眼泪，全身都枯萎了。

两个人都愣住了。黎奇子伤心得无法再留在这儿，转身撑着拐杖走了。老古看着拐杖，心里有些害怕。

这天夜里，黎奇子眼瞪瞪看着黑夜。夜很深沉，没有月亮。黎奇子等着从那深沉中出现他的紫衣小朋友，可是一夜又一夜过去了，什么也没有出现。在愤怒和悲伤中，他做了好几个搭救紫衣儿的计划。

偷着去刨出来？他做不到。找人讲理要出来？大家都不敢惹老古。不过他不颓丧，他已经不是原来的黎奇子了。

几天后，黎奇子从缝纫社回家，遇见骆奶奶。她把两手一拍说：“你说有多奇怪，姓古的自打刨了你的紫薇去，夜夜听见半大娃子哭，有多不吉利。”黎奇子的怒目里带着泪，不知道紫衣儿能哭多久。骆奶奶走过去了，又回头说：“他自己不敢要这棵花了，扔在垃圾堆上了。”

真的么？黎奇子的心猛然胀大了，来不及答话，拐杖“笃笃笃”飞快地响着，往垃圾堆上去了。紫薇花树果然在一堆煤渣上。黎奇子把它拥在胸前，眼泪吧嗒吧嗒掉了下来。

紫衣儿可遭了大难了！枝条撕裂了，有的要断未断耷拉着，最惨的是它的根又是乌黑一片，又是烧焦了。显然是姓古的干的事。为泄愤？为避邪？为捣乱？只有天知道！

黎奇子不想这些，他只知道他的花在他自己手上。他小心翼翼地在渐垂的暮色中把亲爱的花树种在大张嘴的坑里。那是它的家。晚风拂过，周围的蓬蒿招展，发出一声声温柔的叹息。黎奇子和周围的一切，都相信紫衣儿还会出现。

紫衣儿没有让他们等得很久。冬天来了。下了一场大雪，少见的大雪。贤愚不肖，也都在雪的覆盖之下。黎奇子自扫门前雪时，觉得有什么在闪光，那是一点鲜亮的紫色，在柔软洁白的雪上微笑着。

“呵呵，我的花！”黎奇子几乎扑上去抱住他的花，但他即时停住，只是温柔地看着那打着皱褶的薄纱的花瓣，那戴着绉边小帽的孩子的脸儿。他伸手轻轻抚摸树干，顿时整个枝叶都颤动起来，像是在笑，像是在诉说什么。雪花从枝上轻轻地落下了。

“你来啦？我的兄弟！”黎奇子轻轻地说。

黎奇子上班去时，想到要请他的同事们来观赏雪中的紫薇花。敏感娇嫩的紫薇花，怎耐得这般严寒？看来自然界的现象，远非人类所全能解释。

1983 年秋，写于紫薇盛开之际

总鳍鱼的故事

我们的故事的前半段，发生在古生代泥盆纪的大海里。

那时，陆地上一片荒凉，海洋里却热闹得很。生命从海洋里孕育出来，又在海洋里蓬勃生长，如火如荼，好不兴旺。海底像个大花园。各种各样的珊瑚，有的如同一棵小树，有的像盛开的花朵，有的长成一个花坛模样，红黄蓝白，拼成各式图案。海百合腰肢袅娜，随着海水摇摆；各类水藻，粗大茁壮，像蛇一样漂动着。看见那鹦鹉螺吗?叫作直角石的像一个个蛋卷冰激凌，只是细长些；叫作弓角石的像牛角，只是小得多。他们的圆口上都长了很多触角，像是大胡子，好不滑稽。这个世界的主角是鱼类。当时已有很多种鱼。他们自由自在地游，和现代的鱼一样活泼快活。

鱼类中有一种叫作总鳍鱼。他们身体修长，游泳不落人后，另有两对肉质鳍，可以支持身体，在海底爬行。看他们在浩漫的碧波间游得多畅快！忽然一扎，便到了水底，愣了一阵，用两对鳍慢慢爬起来。有时遇到尖利的沙石，当然是很疼的，因为他们没有穿鞋子呀。

“我们不怕。”一条小总鳍鱼名叫真掌，正在泥沙上爬走。他在和堂妹矛尾比赛。他们约好只准爬，不准游，目标是离海岸不很远的一块黑礁石。小真掌说："我们不怕。"他一步步在百合茎下爬，认真得眼珠子都不转一转。

小矛尾却不这样。她爬了几步，见真掌只顾专心爬，便偷偷地浮起来游了很远，又爬几步，又游了很远。"我们不怕！"她也笑着，叫着。当然是她先到目的地。那黑礁石顶和海面相齐，她在顶上又爬了几步，便停在一个石孔里，给真掌喊加油。

老实的真掌很羡慕她的本事。他要爬得更好，自己常常练习。他的练习场所是海底一长条沙地，两旁都是海百合，像我们路边的垂柳一样。还有许多直角石、弓角石在旁观。海百合常常弯下腰来，笑眯眯地说："何必自苦乃尔！"她们有文绉绉的风度，所以得把文绉绉的语言交给她们。

真掌没有那么文绉绉，他一愣之后回答说："我就是想做得好一点儿。"他有这个习惯，什么都想做得好一点儿。于是他继续爬。他也有腻了的时候，那时他就猛地蹿起，一直浮到海面，看一看那似乎是永恒的静寂的天空，并在起伏的波涛上漂一漂，在礁石的石孔里歇息一下，很快又回到深水中来。因为总鳍鱼是深水鱼类，水面的空气使他不大舒服。

海中的居民过着好日子。他们也许可以就这样过下去，过上几千万年。有一天，几条总鳍鱼老太太在珊瑚花坛边，用鳍撑住沙地，东家长西家短闲聊天。忽然她们都觉得头晕，好像有什么东西压下来，可又什么也看不见。一位老太太的孙子游来报告，说是海水在退！大家眼看着那块黑礁石越来越高。本来在礁石顶端散步，鳍可以不离水面，凉爽而舒适，你们记得不？现在这礁石已高开水面有一株大海百合那么高了。

鱼儿们大为惊慌，各按族类聚会。在真正的灾难面前，谁又能讨论出什么结果！几天过去了，不只上了年纪的鱼感到头晕，身强力壮的鱼也头晕得厉害。又过了不知多久，他们整天觉得四周的一切都在晃动，简直不能保持平衡。海水浅多了，炽热的阳光照下来，各种贝类都闪着刺眼的光，使鱼们不只头晕而且眼花。

真掌很害怕。他还没有过这样强烈的可以称为恐怖的感觉。他很小就离开父母，凭着大自然给他的修长又强壮的身体，生活很顺利。可现在是怎么了！连游动都很困难。他躲在岩石底下的弯洞里，隔一会儿便探出头来，他想看看矛尾妹妹在哪里。

忽然海水剧烈地晃动，一大群鱼互相碰撞着艰难地游过来。在一片混乱中真掌知道不远处海水已退尽，许多鱼在阳光中暴晒，很快都死去了。真掌从洞里游出来，想过去看看，能不能帮忙做点什么。

“真掌！你怎么往那边去？”是矛尾在叫，“那边没有水了，不能去！”

“我可以爬几步。”真掌说。

“不能去！但愿我们这点水能保住。”矛尾费力地摆动她那秀丽的尾巴。为了让矛尾安心，真掌听了她的话。

“可咱们怎么能保住这水呢？”大家互相问，谁也不能回答。只能过一天算一天。他们觉得一天比一天热，越来越惶恐不安。有一天，真正的灾难终于到来了。

真掌正在大礁石下面，偏着身子，用力看那高不可攀的礁石，像是小学生在看一座大塔。忽然，他觉得脊背发烫，原来海水正急速地退去，转眼间，鱼群都搁浅在泥泞中了。

“怎么办哪？”鱼儿们一般是以沉默为美德的，这时也禁不住大嚷大叫，他们挣扎着从泥泞中跳起，拼命甩动尾巴，又重重地落下来。恐怖的呼喊使得彼此都更加恐怖。“怎么办？怎么办哪？”海百合没有海水作依附，东倒西歪，狼狈不堪。“大祸临头！”她们说。

真掌用两对鳍在礁石边站稳，他心里也乱得很。因为死鱼很多，空气、水和泥沙都发出腐烂的气味。许多总鳍鱼爬过来了。不知道他们是否开会讨论过，他们似乎做出了决定：此地不宜停留，必须赶快离开。

总鳍鱼成群结队地爬动，真掌也在其中，他们一步步艰难地向着一个方向。

向着陆地！

向着陆地。他们来自海洋，但不把自己圈囿在海洋里。想想看，无边的、丰富深奥的大海也能成为一种圈囿。他们爬，让小小的鳍负担着全身，吃力地爬。真掌很快便爬到最前面。他觉得自己的鳍坚定有力。本来总鳍鱼的鳍是有骨骼的。

可是矛尾又不见了！矛尾在哪里？你平时不是总是先到达目的地吗？真掌不得不掉转身子找她。尖利的沙石扎得他痛彻肺腑，他也顾不得。左看右看，每一次都用力转动整个身子。好不容易看见矛尾了！瞧！她和姊妹们在不远的一个水坑里，惊慌地翻腾着。真掌忙爬过去，一股恶浊的气味扑过来。“不能留在这儿！”真掌爬着叫道。他看见矛尾的尾巴黏糊糊的，几条死鱼在她身边，肚皮翻过来朝着太阳。

“爬！”真掌命令道。矛尾立刻跟在他后面爬了。大群的总鳍鱼从他们身边过去，向着一个方向。

向着陆地！

他们不知爬了多久，鳍都破了，流出淡淡的冰冷的血。矛尾越爬越慢，她太累了，觉得再向前一步就会死掉。又一个水坑在面前，不少鱼在里面苟延残喘，他们叫她。她也猛地冲了几步，落入了水坑。

真掌费力地掉转身子。矛尾从拥挤的鱼群中伸出头来，他们两个对望着，在亿万年的历史中，几秒钟是太短暂了，太微不足道了，可这是多么重要的几秒钟呵！既然道路不同，就分手罢。

真掌又掉转身子，和大批正在爬的总鳍鱼一起，向着陆地前进了。

他们爬呵爬呵，毫不停留。一路上，有的不惯爬行死于劳累，有的不堪阳光直晒死于酷热，有的不善陆地呼吸死于窒息。他们经过的路上，遗下了不少死鱼。但是活着的还是只管在爬，爬呵爬呵，向着前面，向着陆地！

终于有一天，真掌和伙伴们爬到了一丛绿色植物下面。它们当然不是海百合。这些植物有的枝梢卷曲，有的从地下长出宽大的叶片，绿油油的。它们不受海水圈囿，显得独立而自由。这是早期的裸蕨植物。真掌和伙伴们觉得凉爽适意，高兴得用尾巴互相拍打。陆地上，这里那里已经涂抹着小块绿色，绿色要把大地覆盖起来，好迎接大地的主人。

呵！陆地！从海洋来的生命开始征服陆地的伟大进程了。

我们的故事的后半段发生在二十世纪五十年代初期的一个海湾。

海湾深处住着一种大鱼，身材修长，有两对肉质鳍。它们强壮，捕食轻易，吃饱了，便在深深的海中自由自在地游。鱼生如此，还有何求！可是近两年，有好几条这种鱼莫名其妙地失踪，不是在海中搏斗被别的鱼吃掉——那是天经地义——而是被水上面的什么东西捞了去。一种恐怖的气氛笼罩着鱼群，明明有比大海的力量还大的一种力量在主宰世界。鱼儿们也似乎知道，那是人类。

“别浮上去！”鱼妈妈告诫小鱼，“人会逮住你。”在鱼的头脑里，人的力量是不可估量的。

有一条年轻的鱼，早离开妈妈独立生活。它很好奇，富有诗人和哲学家的气质，常爱浮上海面，看港湾中的各种船只，看岸上的灯火。它模糊地知道，那大大小小神奇的船是人造的，那辉煌灿烂的地方是人类的住所。

一个夜晚，它在海面上慢慢游，看着星星般的灯火，觉得很不舒服。它不知道这是一种惆怅。它的生活本来还可以丰富得多，而不只是光知道吃别的鱼而活下去的生物。

忽然间，有什么东西把它网住了，把它往上拉，往上拉。它用力甩着尾巴挣扎，完全无济于事。虽然它有一米多长，一百多斤重，可那结实的网，是人造的。

它给重重地摔在甲板上，离开了水，它只有喘气的份儿。许多人惊诧地看着它。“瞧这条怪鱼！”人们叫道。它弯起头尾一纵身跳起来，尾巴扫到一个人肩上，那人叫：“好大力气！”便举起鱼叉来，不止一个人立刻拉住他，一齐说，要请鱼类学家看一看。

这条鱼给运到一个深池里。有一个铁丝网，将这池一隔两半。池里装的是海水。有小鱼做食物，这条鱼很舒服。不久它就发现，在铁丝网的那一边还住着一条鱼，正是它的一位老伯父，前些时失踪了的。

“你在这里！”“你也来了！”它们互相问候，互相惆怅地望着。

“我们落到人的手里了。”老伯父说。它来的时间不短了，已经成为一条有知识的鱼。不过它不爱炫耀。“我们真倒霉。”

年轻的鱼早知道人的权威了，人把它从海里捞上来，人喂它吃的。它在这里离人很近，饲养人员、研究人员和参观人员不断来看它们。它还知道，人可以使它昏迷，把它翻来覆去检查个够，再使它苏醒。人可以叫它生，也可以叫它死。它没有能力违背。

它习惯于崇敬地望着人，虽然它不懂什么叫注目礼。不料铁丝网那边的老伯父发现了，很不以为然。“我们是鱼，就该在水里游，怎么能爬呢！爬出来的成绩，算不得什么。”

年轻的鱼不懂，愣着。

“你知道吗？人类是我们的堂兄弟。”老鱼终于吐出了这个秘密。年轻的鱼如闻霹雳，大吃一惊。

“有什么了不起！”老鱼又说，“我们是鱼，他们也不过是鱼变的。我们过了几亿年还是在水里游，他们连海也进不来了。”它骄傲而又庄重地游动着，以证明它游水的技术。

年轻的鱼还想知道得多一些。上了年纪的鱼认为再多说就近于饶舌，有碍沉默的美德，也许它就只知道这一点，谁知道呢。

这时，一位妇女带着几个人走到池边来了。这位女鱼类学家是鱼的朋友，她热爱鱼类科学，因为对鱼太了解了，又成为鱼的仇敌。年轻的鱼崇拜她，见到她就沉到水下去。上年纪的鱼蔑视她，见了她便张着大口，以示她经不起一咬。

遗憾的是无论蔑视或崇敬，这位妇女都不知道。她专心地讲着。她讲得太清楚了，有几句话一直传到水下：

“这种矛尾鱼是总鳍鱼的一支。另一支真掌鳍鱼登陆成功，发展为两栖动物，经过漫长而艰难的历程，两栖动物又发展为高级脊椎动物。奇怪的是，这种矛尾鱼没有灭绝，经历了三亿多年，除了身体变大了些，一切都和从前一样，依然故我。它们没有发展，没有变化，它们是鱼类的活化石。”

我们故事的结尾是在一个展览会上。许多人来看活化石。两条鱼轮流展出。这天轮到年轻的鱼，它呆呆地停在大玻璃水箱里。有人走近，它就向漂动的海藻中钻，尽量把尾巴对着参观的人群。这举动和它那健壮的身体很不相称。

人们觉得很有趣。活的化石！真是奇迹！而且这活化石这样富于表情。一个小观众笑问道：“你害怕吧，我的堂兄弟？”

另一个小观众仔细观察了半天，大声说：“你是觉得不好意思。是吗？”

年轻的鱼悲哀地望着海藻，没有回答。

1983 年 9 月

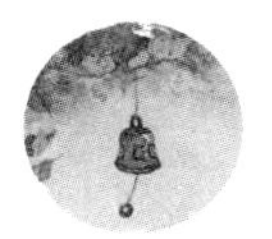

锈损了的铁铃铛

秋天忽然来了，从玉簪花抽出了第一根花棒开始。那圆鼓鼓的洁白的小棒槌，好像要敲响什么，然而它只是静静地绽开了，飘散出沁人的芳香。这是秋天的香气，明净而丰富。

本来不用玉簪棒发出声音的，花园有共同的声音。那是整个花园的信念：一个风铃，在金银藤编扎成的拱形门当中，从缠结的枝叶中挂下来。这风铃很古老，是铁铸的，镌刻着奇妙的花纹。波状的花纹当然是水，小小的三角大概是山，还有几条长短线的排列组合。有人考证说是比八卦图还早的图样，因为八卦的长短线都是横排，而这些线是竖着的。铃中的小锤很轻巧，用细链悬着，风一吹，就摇摆着发出沉闷的、有些沙哑的声音。春天和布谷鸟悠远的啼声做伴；夏天缓和了令人烦躁的坚持不懈的蝉声；秋夜蟋蟀只有在风铃响时才肯停一停。小麻雀在冬日的阳光中叽叽喳喳，有时会站在落尽了叶子，但还是很复杂的枝条上，歪着头对准风铃一啄，风铃响了，似乎在提醒，沉睡的草木都在活着。

“铁铃铛！”孩子们这样叫它。他们跑过金银藤编扎的门，总要伸手拨弄它。

“铁铃铛！”勉儿，孩子中间最瘦弱的一个，常常站在藤门近处端详。从他装满问号的眼睛可以看出，他也是最喜欢幻想的一个。

风铃是勉儿的爸爸从一个遥远的国度带回的，却是个道地的中国古董。无论什么，从外国转一下都会身价十倍，所以才有那些考证。爸爸没说从哪一个国家，只带笑说这铃有巫师施过法术。勉儿知道这是玩笑，但又觉得即使爸爸不说，这铃也很不一般，很神秘。

风铃那沉闷又有些沙哑的声音，很像是富有魅力的女低音，又像是一声长长的叹息。

勉儿常常梦见爸爸，那总不在家的爸爸。勉儿梦见自己坐在铁铃铛的小锤上，抱住那根细链，打秋千似的，整个铃铛荡过来又荡过去，荡得高高的，飞起来飞起来！了不得！他掉下来了，像流星划过一条弧线，正落在爸爸的书桌上。各种书本图纸一座座高墙似的挡住他，什么也看不见。爸爸大概到实验室去了。爸爸说过，他的书桌已经够远，实验室还更远，在沙漠里。

沙漠是伟大的，使人心胸开阔。沙丘起伏的线条很妩媚。铁铃铛飘在空中，难道竟变成热气球了么？这是什么原理？小锤子伸下来又缩上去，像在招呼他回去。

“爸爸！”勉儿大声叫。

他的喊声落在花园里，惊醒了众多的草木。小棒槌般的玉簪棒吃惊地绽开了好几朵。紫薇摇着一簇簇有皱褶的小花帽，“爸爸？”它怀疑。自从有个狂妄的人把它写进文章，它就总在怀疑，因为纸上的情形确实与它本身相距甚远。马缨花到早上才有反应。在初秋的清冷中，它们只剩了寥寥几朵，粉红的面颊边缘处已发黄，时间确实不多了。“爸爸！”它们轻蔑地强笑，遂即有两三朵落到地上。

风铃还在那里，从金银藤的枝叶里垂下，静静地，不像经过空中旅行。勉儿的喊声传来，它震颤了，整个铃身摇摆着，发出长长的叹息。

“你在这里！铁铃铛！”勉儿上学去走过藤门时，照例招呼老朋友。他轻轻抚摸铃身，想着它可能累了。

风铃忽然摇动起来，幅度愈来愈大，素来低沉的铃声愈来愈高昂，急促，好像生命的暴雨尽情冲泻，充满了紧张的欢乐。众草木用心倾听这共同的声音，花园笼罩着一种肃穆的气氛。

“它把自己用得太过了。”紫薇是见过世面的。

勉儿也肃立。那铃勇敢地拼命摇摆着，继续发出洪钟般的、完全不合身份的声响。声响定住了勉儿，他有些害怕。这样一件小物事，怎么能发出这样的大声音呢？它是在呼喊。为它自己？为了花园？还是为了什么？

好一阵，勉儿才迈步向学校走去。随着他远去的背影，风铃逐渐停下来，声音也渐渐低沉，最后化为一声叹息。不久，叹息也消失了，满园里弥漫着玉簪花明净又丰富的香气。

草木们询问地望着藤门，又彼此望着，几滴泪珠在花瓣上草叶间滚动。迷蒙的秋雨。

孩子们从学校回来，走过花园，跳起来拨弄那风铃，可是风铃沉默着，没有反应。

“勉儿！看看你们家的风铃！它哑了！”一个孩子叫着跑开了。

勉儿仰着头看，那吊着小锤的细链僵直了，不再摆动，用手拉，也没有一点动静。他自己的心悬起来，像有一柄小锤，在咚咚地敲。

他没有弄清到底发生了什么事，便和妈妈一起到沙漠中了。无垠的沙漠，月光下银子般闪亮。爸爸躺在一片亮光中，微笑着，没有一点声音。

他是否像那个铁铃铛，尽情地唱过了呢？

勉儿累极了，想带着爸爸坐在铃上回去。他记得那很简单。但是风铃只悬在空中，小锤子不垂下来。他站在爸爸的书桌上，踮着脚用力拉，连链子都纹丝不动。铃顶绿森森的，露出一丝白光。那是裂开的缝隙。链子和铃顶粘在一起，锈住了。

如果把它挂在廊檐下不让雨淋，如果常常给它擦油，是不是不至于？

“它已经很古老了，总有这么一天的。”妈妈叹息着，安慰勉儿。

花园失去了共同的声音，大家都很惶惑。玉簪花很快谢了，花柄下一圈残花，垂着头，像吊着一圈璎珞。紫薇的绉边小帽都掉光了。马缨只剩了对称的细长叶子敏感地开合，秋雨在叶面上滑过。

妈妈说，太沉闷了，没有一点声音为雨声作注脚。于是一位叔叔拿了一个新式的新风铃，金灿灿的，发光的链条下坠着三个小圆棒，碰撞着发出清脆悦耳的声音。

那只锈损了的铁铃铛被取下了，卖给了古董商。勉儿最后一次抱住它，大滴眼泪落在铃身上，经过绿锈、裂缝和长长短短的线路波纹，缓缓地流下来。

1988 年 8 月末于玉簪花香中

遗失了的铜钥匙

一扇普通的房门，好像通往另一个房间，其实里面是个壁橱。门上有连带着铜把手的锁，钥匙也是铜的，长柄末端有一个圈，悬挂方便，不像现在的钥匙只有一个孔。妈妈喜欢各种新潮玩意儿，唯独钟爱这古老的钥匙，用红绒线穿着，放在床头小几的抽屉里。有时开过壁橱门，就把红绒线套在手腕上，到处走动。

在勉儿心目中，这壁橱是神圣又神秘的地方，妈妈开门时，他总要钻进去看，里面其实很普通，两层木板架，上面堆着不用的被褥，下层搁着几个箱子，箱子上放着一红一绿两个锦匣，妈妈叫它鸳鸯匣，是勉儿没有见过的祖母给妈妈的，似乎是神秘的集中点了。红匣里装着爸爸从沙漠写回来的信，以前妈妈常拿出来读，读着读着，晶莹的泪珠滴湿了信纸。这种时候，似乎爸爸就在家里，在他们身旁，勉儿觉得很平安，虽然他很怕妈妈哭。

绿匣里本来只有一个银胸针，还有些缎带、绢帕之类，近来东西多起来。三串项链用绢帕分别包着。一串红玛瑙，一串木变石，还有一串珍珠，但没有一颗圆的，有几粒较长，大概可以名之为玑，更多的是不成形的小颗粒，有的长有的扁，串在一起，也算是珍珠项链了。还有两个戒指，一个嵌着一块闪光的灰蓝色小石头，另一个嵌着的石头是紫红色，妈妈说叫作紫牙乌宝石，怎么不叫紫乌鸦，要倒过来？勉儿好生奇怪。

妈妈很喜欢这些东西，有空时就拿出来戴，坐在镜前换着戴，只从来不拿那发黑了的银胸针。这时的妈妈似乎到了怡悦自得的极高境界，神色庄严，透出一线难以觉察的笑意。这时的妈妈似乎找到了她自己，那有追求美的天性的、温存的、自我欣赏的女性的自己。

因为新东西愈来愈多，那铜钥匙已经许久没有亲近主人的手腕了。有一天妈妈把玩过那几件首饰，想把它们放回壁橱，却找不到铜钥匙。桌下床下，角角缝缝都看过，没有。勉儿放学回来，也帮着找。他特别到摆过木头陀的玻璃书橱下找，还到厨房，仔细检查了筷子笼，怕这把钥匙混杂在里面。

不见踪影。

“我没有出去过。”虽然妈妈这样说，勉儿还是到花园去看。循玉簪花径走过去，拨开每一片叶子。那些肥大的叶子足够遮蔽一打钥匙，但只有两条蚯蚓躲在叶子的阴凉下。盛开的玉簪花弯着花蕊，低声问：“要发警报么？”它们的丰润的叶子可以绷紧，让未放的花——那圆鼓鼓的小棒槌咚咚地敲。

勉儿摇头，走到紫薇和马缨前。紫薇的黯淡的小花朵愁眉苦脸，它们一定是无能为力的。马缨叶子悄然舒展着，表示这里没有任何人或物的藏身之处。

快到金银藤编扎的门了，绿叶中猛然跳出一点鲜明的红，使得勉儿一怔。

这是那拴在钥匙上的红绒线，正在原来悬挂风铃的地方，风铃卖掉已快一年了。红线从一片浓绿中露出一截，园中只有这一点红，红得打眼。

“在这儿。早该想到的。”勉儿一阵欢喜，正要跑过去，忽然觉得一种看不见的力量挡住了他。紧接着金银藤门的枝条活动起来，向两边分开，从中涌出一座巨大的双扇门，是关着的，发着幽暗的光。仔细看时，这门是大块木变石串成，串出有各种花朵的好看的图样，像一幅刺绣。门前有几个小人儿，也是木变石串成的，木偶似的一跳一跳。在做游戏么？

“让我过去！”勉儿大叫。

“不是所有遗失了的都能找到。”一个小人儿点着木变石的头，对勉儿说。

那看不见的力量向后推着勉儿，勉儿偏奋力向前推，忽然间双扇门开了。勉儿几乎跌一跤。门中又涌出一座闪烁着红光的月洞门。红光照着花园众草木，像一片绚烂的落霞。那红玛瑙做成的月洞门，便像一轮夕阳了。这近在咫尺的夕阳虽然发光，却是冷的，硬的，不流动的。下面一片绿草，随着微风摇曳，飘出和谐的轻柔的声音：“过去的每一天都不会再来。”

“过去的每一天都不会再来！”是的！是的！可是那红绒线挂在那儿呢。

红玛瑙门开了，一阵耀眼的光芒过后，慢慢涌出一扇白色的光华夺目的门，门的样子像那壁橱，是珍珠串成的。圆圆的饱满的珍珠，绝不是项链上那些屑片。它们的光辉变成拱形的桥，一直向前伸展。桥上站着一个卫士，身子像一个环，圆圆的头顶闪着灰蓝色的光。“我是星光宝石。”他向勉儿鞠躬，随即飞快地从桥上滚下来，急速地旋转，就像一枚铜板那样。这时从花草间涌出许多雪白的、亮晶晶的小人儿，跳起珍珠之舞。

这些珍珠很轻盈，飘飘然像肥皂泡，它们的队形似乎很不经意，却都很美。每一转侧便闪着七色的虹彩。天渐渐黑下来，夕阳早已消失，显出满天星斗。星斗和珍珠互相望着，蓦然间，几颗星落下来，几粒珍珠飞上去，在空中织出各种图案，像一个发光的网，罩住了花园。

珍珠门关着。门的一侧，从远处走来一个身影，愈来愈清晰，勉儿渐渐看清楚了。

“妈妈！”他叫道。妈妈没有听见，珠光宝气拥着她。她似乎飘在空中，无法走进那扇珍珠门。

“妈妈。快看！”勉儿又叫。忽然响起玉簪花棒急促的敲打声。门的另一侧又出现了红绒线，在光辉中显出一截透亮的红，却看不清挂着什么。

是遗失了的铜钥匙么？

妈妈微笑，摆摆手，手上戴着那紫红色的戒指。随即转身，渐渐消失在光彩间。

所有的门都消失了，各种光华都向勉儿射来，很沉重。勉儿挣扎着想逃开，但是光线愈逼愈紧，慌张间又见好几颗星星向他头顶落下，他想伸手去拦住，忽然醒了。

妈妈正俯身抚着勉儿的头，手上闪着紫红色的戒指。

勉儿很想哭，哑声问："找到了吗？"

妈妈微笑，接着是一声轻轻的叹息。"你梦里也惦记着，其实不必的。"

其实不必的。

1988年9月中旬

关于琴谱的悬赏

每天清晨六点钟，安安一定练琴。墙上的旧式挂钟开始敲响时，安安打开琴盖，把遮住琴键的花格绒布远远一扔，管它掉在哪里。钟敲最后一响，琴键响出音阶练习的第一声。两年来，几乎天天如是。如果哪天听不到琴声，邻居们都会问："安安扁桃腺发炎了么？"

其实安安真讨厌练琴。学琴能坚持下来，全凭爸爸站在琴凳后面，手里拿着一把尺子。安安甚至希望扁桃腺发炎，但在妈妈的部署下，扁桃腺大败亏输，地盘缩小，只有招架之功，并无还手之力了。所以安安每天得在钢琴旁坐满一小时，对付黑白分明的琴键。

今天可没法练琴了，四本琴谱全都不翼而飞！爸爸气哼哼地在琴凳里、旧杂志里翻着。

安安有几分得意地说："不练琴了。每天我一起来就玩！"

琴旁的小令箭荷花正在盛开，红玉般的花瓣光艳照人。一朵花心里的嫩黄的花蕊轻轻摇动了一下，发出悦耳的叮咚声，另一朵也响应，抑扬顿挫，十分和谐。这是什么曲子？《勃格缪勒二十五首》里的？

"花儿替我弹琴。"安安得意而又不安地想。她想问爸爸听见没有，这时妈妈从厨房走出来，仔细看着安安的眼睛。

“妈妈，我眼睛里有琴谱吗？”花蕊的叮咚声远去了，把安安那点得意也带走了，只留下了不安。

妈妈不回答。早饭时，猫儿照例坐在安安脚边。妈妈忽然说：“我们来一次悬赏，捉拿琴谱的悬赏。要是谁能找到琴谱——猫儿给一条鱼，令箭荷花给一匙牛奶，爸爸给一满杯酒。”

“我呢？”安安问。

妈妈又仔细看她：“你想想自己该得什么？”

安安不知道自己该得什么，她背着书包上学去时，妈妈只是笑笑，扬扬手，没有像有时那样亲亲她，可也没有不高兴的样子。

学校里照例上课，休息，又上课。没有人关心琴谱的去向。安安虽也一样活动，心里却总是不安。她的座位靠窗，她不停地转脸看着窗外。

“安安！你看什么？”老师站在她面前。

她看窗外的绿草地，看绿草地上这里那里的小黄花。它们像琴谱上的音符一样高高矮矮。它们要唱什么吗？老师靠近的声音使得安安忙转过头看黑板。黑板上的6和9从别的数字中间凸出来，也像是音符。它们和草地上的黄花音符一样，都是从琴谱里掉出来的吧？它们找不到琴谱，没有地方存身了。6在下面一行张着大嘴在唱：“在哪里？”9在上面一行打着呵欠在唱：“在哪里？”它们的声音合在一起，成了一曲和谐的二重唱，唱的是：“安安知道在哪里，安安知道在哪里！”

“我不知道！”安安大声说。

老师是个温柔的、好性儿的人，只皱皱眉，走回讲台，一般地说了几句用心听讲的道理，仍旧讲课。她那细瘦的身材，像一个音符的符干，可是要支撑着五十个孩子发展着的灵魂，让他们长得健壮。安安很不愿让老师不高兴，不过安安原来没有想到自己会这样不安。

好不容易下课了，安安和小朋友们一起夹沙包。她用力跳起，扔了几次都最远，几乎把琴谱忘了。这时老师走过来，向大家宣布下周要到幼儿园义务劳动。

“安安弹琴，别再弹《骑士》了。”一个小朋友说。每次到幼儿园，安安除一般劳动外，都要为小娃娃们弹琴，《骑士》已弹了好几遍。一来因为娃娃们爱听，二来因为安安没有新曲。她的琴艺踏步不前，不像骑士的马向前冲。

“还弹新的呢！琴谱都没了！”安安有几分得意地想。

“行吗？安安？”老师温和地看着安安。安安分明有什么心事。

安安又不安起来，不安中还有些委屈。她想说琴谱丢了，可怎么也说不出来。虽然她经常丢东西，时时刻刻在找东西，为此爸爸赠给她马虎国公民的称号。这回呢？这回可大不一样。

安安知道同学们和小娃娃们都喜欢听琴。她在幼儿园弹过《社员叔叔赶大车》，弹过《再会》《鹡鸰》，这两篇也是《勃格缪勒二十五首》里的。“骑士”在幼儿园冲来冲去好几回，娃娃们也没有反对。每次小学生离开时，他们还要送一送，特别叮嘱安安姐姐下回再来。以后就真的再不弹琴了么？

安安不敢看老师，扭身又去夹沙包了。

放学回家的路上，安安总要经过一个多年荒废的花园。这里正在修建大楼，只在一个土山后面还保留一片野趣。蒿草长得快有安安高，草中太湖石上爬满了各种藤蔓植物。安安和同学路过时，常在这里玩一阵。今天只有安安一人坐在太湖石边想心事。

忽然，安安觉得眼前的蒿草上咕嘟嘟冒起许多泡泡儿，仔细看时，竟是许多音符，不是上课时看着黄花像音符，这是真正的音符。不过它们不是黑点或黑圈，而有绚丽的颜色。符头朝上的是一个个大头宝宝，符头朝下的是身穿撑圆了的漂亮裙子的女士们。二分音符的空圈儿上像蒙着一层薄纱，八分音符、十六分音符的符尾在飘动，好像京戏里的大将背上插着的旗。它们可真是一群漂亮人物！

遗憾的是它们也像遇到什么难题，一个个满面愁容，在草尖上慢吞吞地穿来穿去。安安好奇地看着，不明白它们怎么不发出一点声音。

“也许得我来弹一下？”安安想。

这时从太湖石后转出一位高个儿仙女，衣袂飘飘，像一团半透明的雾。她身旁紧随着一位圆滚滚的胖子，衣襟上有两粒特别大的扣子，像两只瞪着的眼睛。哦！这是高音谱号和低音谱号。它们一出现，原来都在草面上飘动的散乱的音符赶紧各自站好了位置，有的悬空，有的半陷在草里。安安知道，它们是按五线谱上的位置站好的，而且认得这谱子是《鹌鸰》。在琴键上鸟叫得多好听！可这时还是没有一点声音。

高个儿仙女有点哀怨地望着安安，圆胖子的表情是气愤。安安觉得它一气就更圆了，想叫它克制一下，因为低音谱号本来没有这么圆。

它们两人对望了一下，音符变换了位置，上下跳动着。茂密的草上响起了歌声：

在哪里？在哪里？
你的好心在哪里？
在哪里？在哪里？
你的毅力在哪里？

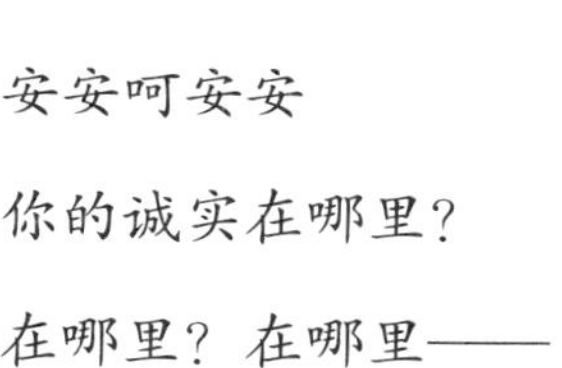

安安呵安安
你的诚实在哪里？
在哪里？在哪里——

最后一句“在哪里”的声音拖得很长，简直要通到家里，通到琴谱藏身的地方。

这回安安可不敢说“我不知道”了，它们分明知道安安知道琴谱藏身的地方。

“你们什么时候掉出来的？谁叫你们自己掉出来！”安安大声说。高音谱号、低音谱号和音符们都不理她，只管唱着“在哪里，在哪里——”，把声音拖得长长的。

真的，它们并没有问琴谱在哪里，问的是你的好心在哪里，你还愿意为小朋友们弹琴么？你的毅力在哪里，妈妈常说学琴倒也不一定要当音乐家，只是要有一点修养，是要培养毅力。还有呢，你的诚实在哪里！

真的！我的诚实在哪里？安安眼圈儿发红，鼻子发酸，安安要哭了。

躲开你们！惹不起还躲不起么！

安安正要走时，那长草遮掩的小径上，忽然冒出了两个小伙子，各有一个沉甸甸的大圆筐。一个扛在肩上，一个坠在脚下。安安一眼就看出这是黑板上的6和9，也赶来凑热闹了。6和9的圈儿里塞满了乱七八糟的东西。它们把这些东西掏出来扔在小径上，挡住了安安的去路。

“你们干什么？”安安委屈地叫起来。

“都是你自己的呀！”6和9说话永远像二重唱。

安安睁大眼睛看那些破烂。它们是些模糊的，不成形状的东西，隐隐约约，似乎还在活动。只有安安可以看出那真是她自己的事迹。有她赖在床上不肯起来的镜头，有她和妈妈顶嘴的镜头。还有特别大的一块碎玻璃，里面嵌着她自己手举一摞琴谱，正不知往哪里藏呢。

这条路完全堵塞了，安安回不了家。她想从草丛里穿过，音符们像一堵墙，而且是会活动拦截的墙，瘦高个儿和矮胖子正对她冷笑。安安真想家，真想妈妈！

妈妈忽然出现在路的那头，草丛那边，一缕黑黑的头发让汗黏在腮上，那是妈妈忙乱焦急的标志。准是因为安安没有回家，妈妈来找她了。可是妈妈也过不来，她也听不见妈妈说什么，怎么办呢？她的耳朵除了“在哪里，在哪里”，什么也听不见！

“我知道琴谱在哪里！”安安对妈妈大声叫道。就在这一叫里，从安安耳朵里噼里啪啦掉出好多莫名其妙的东西。她立即听见《鹳鸰》的好听的歌声。她觉得浑身一松，一切烦恼都随着歌声飞远了，飞远了。真是奇怪，那些编造给别人听的东西总是堵塞着自己的耳朵和道路。至于那些编出来的东西是什么样儿，每个人自己当然都知道。

“我知道琴谱在哪里！”安安又说了。草丛那边着急忧虑的妈妈不见了，小路上的障碍不见了，瘦高个儿、矮胖子和音符们都不见了。它们沉到草丛下面去了，像它们冒出来一样快。安安好好的一个人站在这废园中，高高的蒿草摇摆着。工地上传来轰隆隆的声音。

安安小心地踩一踩脚下的土地，慢慢走回家去。

一进家门，安安一直冲到她的小床前，掀开罩单。在两层褥子中间，平平地铺着四本琴谱。她伸手去拿，又停住了。应该就这么搁着，让爸爸妈妈看。

门上钥匙转动了。轻轻地，缓缓地，这是妈妈。安安站在门边，等妈妈进来了，一把抱住她，指给她看那一床琴谱。

妈妈笑了，把一缕垂下的黑发掠上去，俯身在安安脸颊上结结实实地亲了一下。

这是安安得到的奖赏么？也许安安到了白发苍苍的时候，会明白她究竟得到了什么。不过那也太遥远了。

1983 年 8 月

小沙弥陶陶

小沙弥陶陶从麦积山来。麦积山在中国甘肃境内。山形如麦垛，山壁上石洞相连，有着丰富的极生动的泥塑、石刻。第一百几十号洞中有一个小沙弥，和真人一般大小，袈裟似在飘动，眉清目秀，嘴角边有一缕笑意，十分淡远温厚，人们誉为东方的微笑。

不知是什么年月，人们在洞中发现一块土坯，便把它当作垃圾，扔在一辆破车里，运到很远的地方，又换了一辆更破的车，运到更远的地方。经过长途颠簸，土坯裂开了，一块块掉落，到它躺在一片旷野上时，已经出现了一个漂亮的小沙弥，一尺来高，眉清目秀，嘴角上带着那东方的微笑，和那洞窟中的小沙弥一模一样。他不是复制品，而是原稿，凝聚着塑者最初的心血。他在长途颠簸后显露了本来面目，却不幸折断了左臂。几只小鹿走过来，看见小沙弥，觉得他真是漂亮，它们用草做成一个筐，把他和他的断臂装进去。两只小鹿衔着筐慢慢走，走了不知多少天，经过了各样的山谷和林木，来到一座森林。小鹿们商量了一阵，郑重地推选了两只小鹿仍旧衔着他，走进森林。林中很阴暗，弯曲的路拐来拐去，后来到了一片开阔的草地。草地上开着星星点点的野花，从这里可以看见高得无比的天空。草地当中有一棵大树，非松非柏，非杨非柳，气象很是威严。小鹿恭敬地把他放在树下，把他的断臂摆好，便离开了。不知过了多少天，树上飘下几片叶子，落在小沙弥的身上，有一片正好覆盖了他的断臂。这样又不知过了多少天，一只野兔从树下跑过，它拍了拍小沙弥，说："别睡了，到外面去看看好不好？"

小沙弥忽然醒了。他坐起身又站起身，活动着手臂、腿脚，断臂已经长好了。他对野兔说："你好！"野兔的长耳朵向前弯了一下，那是打招呼。小沙弥跟着它走到草地边，转回身仰望那棵大树，看了好一会儿，又跟着野兔走，走过森林中弯曲的路，出了林子，野兔不见了。小鹿们在灌木丛中玩耍，这已是原来那些鹿的后代了。一只鹿请小沙弥坐在自己的背上，大家一起在旷野上遨游。它们有时慢慢走，东张西望，有时跑得很快，小沙弥也没有跌下来。又不知逛了多久，它们把小沙弥放在一个小村边，自己跑走了。一个村民看见这个小沙弥，"这样好看的小泥人。"他说，便捡起了小沙弥，拿到市场上去卖。一位雕塑家从那里过，看见小沙弥，不觉吃了一惊，这不是那"东方的微笑"吗？他拿起他研究了一番。他把一件新外衣送给村民，那是他买来抵御西北的寒风的。村民还要他头上的帽子，他立刻同意。他把小沙弥装在一个玻璃匣子里，经过长途旅行，一直送到一个人家的客厅。

这个人家在一条河边，河水缓缓地流，流过两岸的树木草丛。那里春天开满了浅紫色的二月兰，夏天是一片浓绿；秋天的落叶给了河岸金黄的颜色，冬天则是晶莹的白雪。河水也流过这一栋小小的房屋，房屋是粉红色的，前后有许多花。里面住着一个母亲和她的两个女儿，大女儿十五岁，小女儿十三岁。

雕塑家把玻璃匣子放在桌上，他一打开，两姊妹就欢呼起来：“这是我们的朋友！”她们说，“你看他正在微笑。”于是雕塑家介绍了东方的微笑。他说：“你看这微笑，给人以宁静和安慰，必须有慈悲心才会有这样的微笑。”妈妈也讲了他那飘飘然的服饰，说他是佛门中的小沙弥。她从事的工作是服装设计，自然看得清楚。

“我要叫他陶陶。”妹妹说。陶这个字和土有关又和快乐有关。“这真是个好名字。”大家说。小沙弥向他们转动眼睛，可是谁也没有注意。

小沙弥陶陶在这家的客厅里住了下来，或者说站了下来，站在放艺术品的多宝格里。这是一个温暖的家庭。他最爱听小女儿放学回家一路喊着“妈妈”跑进屋里，最爱看大女儿帮助妈妈换鞋。妈妈伏案太久，脚有些肿。还有妈妈在餐桌上为孩子们分食物时，那慈爱得几乎有些虔诚的目光。她们常一起唱歌，陶陶不知道她们唱的是什么，只觉得和谐悦耳，像春天的轻风细雨，像一个繁星闪烁的夜。雕塑家是唯一的听众。

陶陶也喜欢听两姊妹的讨论。她们坐在客厅里，在他站的那个格子下面，低声热烈地讨论。姐姐说：“我要把世界画下来。”她拿着两张画稿，一张是花园里的丁香。她只画了两个斜枝，枝条把发亮的小花朵送进画面，小白花在一张浅绿色的纸上面好像鼓出来似的，引得人想去摸一摸。另一张画的是她们家门前的那条不大不小的河，远处的桥在垂柳的掩映中，河岸边系着两只很小的小船，好像应该给陶陶坐。它们互相依偎着。妹妹很为这两条小船感动，她说："我来造船吧！造许多许多船，让它们顺着这条河一直漂到海里。每一个海浪上都坐着一个小娃娃，他们可以到甲板上来跳舞。你说好吗？陶陶。"她忽然向陶陶发问。陶陶有些受宠若惊，想点点头却没有动。

妹妹果然画了一条大船，船舷上挂满了发亮的浪花，像那点点丁香。浪花上真的站着几个小娃娃，他们互相招手，好像彼此在问："你要上哪里去？"

陶陶觉得非常快乐。他情愿这样站着、听着、看着、守望着，不管时间流到了哪里。

有一天，姐姐从学校回来，在花园里采了一把丁香花。预备插在瓶里，她走到桌前举着丁香花，忽然叫道："我看不见了！"丁香花落在桌上，也落在地上。妈妈跑过来问发生了什么事，姐姐只是说："我看不见了，我看不见了。"显然，她的眼睛出了毛病。姐姐得了一种急性眼疾，两眼同时失明，本来在少女面前的一个光明灿烂的世界变成一片黑暗。花在哪里？河在哪里？黑暗像一口深不可测的井，而且盖着沉重的井盖，谁也掀不动。这不只是姐姐一个人的黑暗，它也遮蔽了妈妈和妹妹的生活。这个家落入了凄惨的境地。她们千方百计想挽救姐姐的眼睛，可是无效。晚上母女三人坐在一起哭，陶陶很想对她们说："不要哭，哭了更伤害眼睛。"他还没有说出这句话，自己先流下了眼泪。他的袈裟上立刻有一道湿痕，他是最不能哭的，水会立即把他融化。

经过多方寻医问药，不见疗效，这是一种无法医治的眼疾。姐姐只能在黑暗中过日子，而且一天比一天衰弱。“我不愿意！”她对着太阳喊，又对着月亮喊，“我不愿意！”

陶陶受不了这样的日子，下了决心，要去帮助姐姐。他从格子里飘了下来，走出屋子，在花园里定了定神。他想到的办法是去找那棵树，那棵给他精神和灵气的树，但是怎样去呢？他呆呆地站在屋角。

又一个清晨，他听见屋里彼此问答，像在找什么东西。妹妹在喊：“陶陶！你在哪儿啊？你怎么不见了？”姐姐站在台阶上，大声说：“我虽然看不见你，但我可以摸到你。你怎么一点儿都没有了？”妹妹牵着姐姐走下台阶，绕到屋后去寻找。陶陶感到温暖又酸楚，不管用什么办法，他必须立刻出发，去找那棵大树。他沿着河岸跑，他的步子太小了，跑了很久，才到那座桥。过了桥又走了很久，面前是一座山。他抬头向上看再向上看，这样高的山怎样才能翻越！好不容易爬到半山，看见一片云歇在一块大石旁。云说：“你是陶陶？我能帮助你吗？”陶陶说：“你能帮助我到那片旷野上去么？我要去找那棵树。”“你上来吧！”云说，“小心，坐好了。”陶陶坐在这一片云上，好像在一堆棉絮中。不过，云的形状是不规则的。一时这边凸出来，那边凹进去，一时那边凸出来，这边凹进去。陶陶必须随时移动座位，免得掉下去。云说：“你很聪明，很能掌握平衡。”他们很快到了那片旷野，看见了那座大树林。云停在树顶上，让陶陶下来。它说它不能再低飞，否则会化成水。陶陶在树顶上走了一阵，找不到那棵树，这里是一片树木的海洋，可是他找不到那棵特殊的树。他懊恼地滑下树来，在森林边转了好久，没有发现可以走进去的路。几只野兔跳过来，把长耳朵向前弯了一下。又有几只鹿从草原上跑过来看热闹。陶陶说：“你们都是我的老朋友。我能进去到那棵大树跟前么？”鹿们和兔们商量了一阵，派出一只鹿和一只兔领着陶陶进了森林。他们在弯曲的小路上，走呀，走呀，终于在夜里来到那棵大树下。那棵大树发着光，把这一片草地照得很亮。陶陶对大树说：“我知道你会帮助受难的人。我在这里等，好么？”他定定地站在树下，举着双手，他是不怕累的。一天没有动静，两天没有动静，到了第三天，鹿和兔说它们太饿了，真想吃点东西，可它们不敢动这里的草和花。忽然一阵音乐，在音乐声中飘下了两片叶子，落在陶陶手上。陶陶大喜，双手捧着这两片叶子，随着兔和鹿走出了树林。兔坐在鹿背上，向那茂密的灌木丛跑去了。陶陶很希望再遇见那片云，可眼前却是万里无云的晴空。不管怎样还是得往前走，陶陶告别了树林。他不需要吃喝，也不需要休息，日夜兼程，不浪费一点时间。这一天，他爬上一座山坡，忽然看见天边停着片片白云，有一片云正向他飘来。陶陶挥舞着那两片叶子，云停在他面前，这是一片解事的云，它让陶陶坐上去，并且客气地说：“随便坐，不用紧张。”它果然不像变形虫，而是像一只真正的船。在万里晴空中平稳地飘着。他们很快来到离大河最近的那座山上，陶陶下了“船”，云很快不见了踪影。陶陶跑呀，跑呀，跑过了桥，一直跑进小屋。屋里空无一人，他到花园寻找，在丁香树下找到一座小小的坟墓，上面堆满了鲜花，一小块石片上写着姐姐的名字。他把那两片叶子放在坟上，叶子很快便枯萎了。“我来晚了，我来晚了。”他伤心地回到格子里站着。傍晚，妈妈和妹妹回来了。妹妹看见他时，将他抱起，端详了一阵，递给妈妈。妈妈摸摸他的衣服，轻轻叹了一口气，仍将他放在格子里。妹妹沉默多了，妈妈衰老多了。小沙弥的心很痛，很痛。

雕塑家来了，也拿着陶陶端详。他们都不问陶陶到哪里去了。从他们的谈话里，陶陶知道雕塑家曾想再做一个小沙弥，可是他没有动手，他知道自己做不出来。他对妈妈说："我可以做出一个泥俑，但我不能给他一颗心。"

母亲和妹妹不再唱歌了，雕塑家说："唱一唱吧，那样也许会好受些。"陶陶很赞成，可是小屋里还是没有歌声。

日子平静地过了两年，妹妹十五岁了。妈妈邀请了一些女孩来为她过生日，她们准备唱一个快乐的歌。妹妹穿着白纱衣裙走进客厅的刹那，突然叫了一声："我看不见了！"就像两年前姐姐那样。谁能安慰一个盲人？当她眼前是一片漆黑的时候，没有办法的。朋友们散去了，只留下妈妈牵着妹妹的手。船在哪里？海在哪里？它们永远消失在黑暗中了吗？妹妹并不喊叫，把妈妈的手贴在自己脸上。

"我对上天只有一个乞求。"妈妈呜咽道，"让我替我的女儿做盲人。"

她们都知道，盲人还不是最坏的结局。

妹妹做了一个梦，梦见一座森林，树木长得很密。她觉得自己进不去，可还是向前走。树木向两旁分开了，让出一条弯曲的小路。她走到一片奇怪的草地，草地上变幻着山和海，中央有一棵大树，轮廓模糊，但是有一种威严的气象。她想，这是自己眼睛有毛病的缘故。

她又向前走，大树就向后退，很快混入森林中，不再显现。乌何有之树，妹妹给它起了一个名字。忽然树林都不见了，只看见陶陶在旷野上跑。她大声叫时，陶陶也不见了，只有黑暗。妈妈听见叫声，想是妹妹梦魇了，过来抚慰，妹妹说："我看见了乌何有之树。"但愿你能看见，妈妈在心里叹息。

陶陶不能耽误一点时间，又一次出发了。这一次，他走得更快，有一个听不见的鼓点在催着他。他又跑又跳，过了桥，回头望了望那粉红色的小屋，继续向前跑，一直爬到那座山半腰。在那块大岩石旁又歇着一片云，这是一片彩色的云，它很娇懒。它说："你就是陶陶？告诉你，我可飞不了那么远。"陶陶拱手又鞠躬一直向它微笑。云沉默了一阵，说："你上来吧。"这片云好像挂满彩色璎珞的小船。陶陶尽量缩小自己已经很小的身躯，生怕碰坏了什么，可是他们飞到那片旷野时，璎珞还是少了一半。陶陶感到很抱歉，云并不抱怨，悄然飞走了。陶陶很顺利地进入了森林。来到树下，大树没让他多等，很快给了两片叶子。陶陶两手举着叶子，像举着两面旗帜。他在森林外寻找那片云，又是晴空万里。陶陶焦急地向天空乞求，诉说他必须争取时间。一阵强劲的风来，把他卷到半空。"你怕么？"风问，"你随时会掉下去粉身碎骨。"陶陶摇头。他只有一个念头，不要迟到，别的都不在话下。他们很快就到了那座山坡。风把他稳稳地放下，自己向另一个方向吹去。陶陶看见停在天边的云，像许多花朵。一朵云飘过来了，越近越大，有几层花瓣，真像一朵硕大的花。陶陶爬进去，坐在中间。云一面飞，花瓣一面转动，转动的方向不同，有的向前转，有的向后转。陶陶和云商量，说花瓣要是都向一个方向转动，会飞得更快一些。云不理他。云飞得并不慢，又飞了一会儿，就把他放在那座山的一块岩石上。陶陶鞠躬致谢，跑下山去。

这时已是秋天，树叶有红有黄，颜色绚丽。有的树叶子已经落尽，光秃秃的树枝，显出好看的线条。陶陶拼命地跑，他到了河的这一边，已经看到了那粉红色的小屋。人们出出进进，有人在说："没想到这次发作这么快。"陶陶不假思索地跳进水里，他没有时间走那座桥。在汹涌的河水中，他不久便失去了双腿，他努力用一只手把两片叶子举得高高的，露在水面上。手臂也被起伏的水花打湿了，一点点消瘦。他拼命游向岸边，终于靠近了岸，河水不断地流过他的身躯，陶陶没有了，只剩下那只手臂碎作几块泥土，簇拥着那两片鲜亮的绿叶。

房间里，妹妹低声呻吟，她的生命在一点点消逝。她用力低声问妈妈："陶陶在哪里？"妈妈茫然地出门来，一眼就看见了河边的那两片叶子。"秋天的绿叶！"妈妈心里一惊，弯腰拾起它们，放在妹妹的眼睛上，每只眼睛放一片。

妹妹没有死。她又看见了这光明灿烂的世界，但她再也看不见小沙弥陶陶。

2006 年 3 月 22 日初稿

2006 年 4 月 5 日定稿

小说篇

鲁鲁

鲁鲁坐在地上，悲凉地叫着。树丛中透出一弯新月，院子的砖地上洒着斑驳的树影和淡淡的月光。那悲凉的嗥叫声一直穿过院墙，在这山谷的小村中引起一阵阵狗吠。狗吠声在深夜本来就显得凄惨，而鲁鲁的声音更带着十分的痛苦、绝望，像一把锐利的刀，把这温暖、平滑的春夜剪碎了。

他大声叫着，声音拖得很长，好像一阵阵哀哭，令人不忍卒听。他那离去了的主人能听见么？他在哪里呢？鲁鲁觉得自己又处在荒野中了，荒野中什么也没有，他不得不用嗥叫来证实自己的存在。

院子北端有三间旧房，东头一间还亮着灯，西头一间已经黑了。一会儿，西头这间响起窸窣的声音，紧接着房门开了，两个孩子穿着本色土布睡衣，蹑手蹑脚走了出来。十岁左右的姐姐捧着一钵饭，六岁左右的弟弟走近鲁鲁时，便躲在姐姐身后，用力揪住姐姐的衣服。

“鲁鲁，你吃饭吧，这饭肉多。”姐姐把手里的饭放在鲁鲁身旁。地上原来已摆着饭盆，一点儿不曾动过。

鲁鲁用悲哀的眼光看着姐姐和弟弟，渐渐安静下来了。他四腿很短，嘴很尖，像只狐狸；浑身雪白，没有一根杂毛。颈上套着皮项圈，项圈上拴着一根粗绳，系在大树上。

鲁鲁原是一个孤身犹太老人的狗。老人住在村上不远，前天死去了。他的死和他的生一样，对人对世没有任何影响。后事很快办理完毕。只是这矮脚的白狗守住了房子悲哭，不肯离去。人们打他，他只是围着房子转。房东灵机一动说："送给范先生养吧。这洋狗只合下江人养。"这小村中习惯地把外省人一律称作下江人。于是他给硬拉到范家，拴在这棵树上，已经三天了。

姐姐弟弟和鲁鲁原来就是朋友。他们有时到犹太老人那里去玩。他们大概是老人唯一的客人了。老人能用纸叠出整栋的房屋，各房间里还有各种摆设。姐姐弟弟带来的花玻璃球便是小囫囵，在纸做的房间里滚来滚去。老人还让鲁鲁和他们握手，鲁鲁便伸出一只前脚，和他们轮流握上好几次。他常跳上老人座椅的宽大扶手，把他那雪白的头靠在老人雪白的头旁边，瞅着姐姐和弟弟。他那时的眼光是驯良、温和的，几乎带着笑意。

现在老人不见了，只剩下了鲁鲁，悲凉地嗥叫着的鲁鲁。

"鲁鲁，你就住在我们家。你懂中国话吗？"姐姐温柔地说。"拉拉手吧？"三天来，这话姐姐已经说了好几遍。鲁鲁总是突然又发出一阵悲号，并不伸出脚来。

但是鲁鲁这次没有哭，只是咻咻地喘着，好像跑了很久。姐姐伸手去摸他的头，弟弟忙拉住姐姐。鲁鲁咬人是出名的，一点不出声音，专门咬人的脚后跟。"他不会咬我。"姐姐说，"你咬吗？鲁鲁？"

随即把手放在他头上。鲁鲁一阵战栗，连毛都微耸起来。老人总是抚摸他，从头摸到脊背。那只大手很有力，这只小手很轻，但是这样温柔，使鲁鲁安心。他仍咻咻地喘着，向姐姐伸出了前脚。

“好鲁鲁！”姐姐高兴地和他握手，“妈妈！鲁鲁愿意住在我们家了！”

妈妈走出房来，在姐姐介绍下和鲁鲁握手，当然还有弟弟。妈妈轻声责备姐姐说：“你怎么把肉都给了鲁鲁？我们明天吃什么？”

姐姐垂了头，不说话。弟弟忙说：“明天我们什么也不吃。”

妈妈叹息道：“还有爸爸呢，他太累了。——你们早该睡了，鲁鲁今晚不要叫了，好么？”

范家人都睡了。只有爸爸仍在煤油灯下著书。鲁鲁几次又想哭一哭，但是望见窗上几乎是趴在桌上的黑影，便把悲声吞了回去，在喉咙里咕噜着，变成低低的轻吼。

鲁鲁吃饭了。虽然有时还免不了嗥叫，情绪显然已有好转。妈妈和姐姐解掉拴他的粗绳，但还不时叮嘱弟弟，不要敞开院门。这小院是在一座大庙里，庙里复房别院，房屋很多，许多城里人迁乡躲空袭，原来空荡荡的古庙，充满了人间烟火。

姐姐还引鲁鲁去见爸爸。她要鲁鲁坐起来，把两只前脚伸在空中拜一拜。“作揖，作揖！”弟弟叫。鲁鲁的情绪尚未恢复到可以玩耍，但他照做了。“他懂中国话！”姐弟两人都很高兴。鲁鲁放下前脚，又主动和爸爸握手。平常好像什么都视而不见的爸爸，把鲁鲁前后打量一番，说：“鲁鲁是什么意思？是意绪文吧？他像只狐狸，应该叫银狐。”爸爸的话在学校很受重视，在家却说了也等于没说，所以鲁鲁还是叫鲁鲁。

鲁鲁很快也和猫儿菲菲做了朋友。菲菲先很害怕，警惕地弓着身子向后退，一面发出“呲——”的声音，表示自己也不是好惹的。鲁鲁却无一点敌意。他知道主人家的一切都应该保护。他伸出前脚给猫，惹得孩子们笑个不停。终于菲菲明白了鲁鲁是朋友，他们互相嗅鼻子，宣布和平共处。

过了十多天，大家认为鲁鲁可以出门了。他总是出去一会儿就回来，大家都很放心。有一天，鲁鲁出了门，踌躇了一下，忽然往犹太老人原来的住处走去了。那里锁着门，他便坐在门口嗥叫起来。还是那样悲凉，那样哀痛。他想起自己的不幸，他的心曾遗失过了。他努力思索老人的去向。这时几个人围过来。“嗥什么！畜生！”人们向他扔石头。他站起身跑了，却没有回家，一直下山，向着城里跑去了。

鲁鲁跑着，伸出了舌头，他的腿很短，跑不快。他尽力快跑，因为他有一个谜，他要去解开这个谜。

乡间路上没有车，也少行人。路两边是各种野生的灌木，自然形成两道绿篱。白狗像一片飘荡的羽毛，在绿篱间移动。间或有别的狗跑来，那大都是笨狗，两眼上各有一小块白毛，乡人称为四眼狗。他们想和鲁鲁嗅鼻子，或打一架，鲁鲁都躲开了。他只是拼命地跑，跑着去解开一个谜。

他跑了大半天，黄昏时进了城，在一座旧洋房前停住了。门关着，他就坐在门外等，不时发出长长的哀叫。这里是犹太老人和鲁鲁的旧住处。主人是回到这里来了罢？怎么还听不见鲁鲁的哭声呢？有人推开窗户，有人走出来看，但都没有那苍然的白发。人们说：“这是那洋老头的白狗。”“怎么跑回来了！”却没有人问一问洋老头的究竟。

鲁鲁在门口蹲了两天两夜。人们气愤起来，下决心处理他了。第三天早上，几个拿着绳索棍棒的人朝他走来。一个人叫他：“鲁鲁！”一面丢来一根骨头。他不动。他很饿，又渴，又想睡。他想起那淡黄的土布衣裳，那温柔的小手拿着的饭盆。他最后看着屋门，希望在这一瞬间老人会走出来。但是没有。他跳起身，向人们腿间冲过去，向城外跑去了。

他得到的谜底是再也见不到老人了。他不知道那老人的去处，是每个人，连他鲁鲁，终究都要去的。

妈妈和姐姐都抱怨弟弟，说是弟弟把鲁鲁放了出去。弟弟表现出男子汉的风度，自管在大树下玩。他不说话，可心里很难过。傻鲁鲁！怎么能离开爱自己的人呢！妈妈走过来，把鲁鲁的饭盆、水盆摞在一起，预备扔掉。已经第三天黄昏了，不会回来了。可是姐姐又把盆子摆开。刚刚才三天呢，鲁鲁会回来的。

这时有什么东西在院门上抓挠。妈妈小心地走到门前听。姐姐忽然叫起来冲过去开了门。“鲁鲁！”果然是鲁鲁，正坐在门口咻咻地

望着他们。姐姐弯身抱着他的头，他舐姐姐的手。“鲁鲁！”弟弟也跑过去欢迎。他也舐弟弟的手，小心地绕着弟弟跑了两圈，留神不把他撞倒。他蹭蹭妈妈，给她作揖，但是不舐她，因为知道她不喜欢。鲁鲁还懂得进屋去找爸爸，钻在书桌下蹭爸爸的腿。那晚全家都高兴极了。连菲菲都对鲁鲁表示欢迎，怯怯地走上来和鲁鲁嗅鼻子。

从此鲁鲁正式成为这个家的一员了。他忠实地看家，严格地听从命令，除了常在夜晚出门，简直无懈可击。他会超出狗的业务范围，帮菲菲捉老鼠。老鼠钻在阴沟里，菲菲着急地跑来跑去，怕它逃了，鲁鲁便去守住一头，菲菲守住另一头。鲁鲁把尖嘴伸进盖着石板的阴沟，低声吼着。老鼠果然从另一头溜出来，落在菲菲的爪下。由此爸爸考证说，鲁鲁本是一条猎狗，至少是猎狗的后裔。

姐姐和弟弟到山下去买豆腐，鲁鲁总是跟着。他很愿意咬住篮子，但是他太矮了，只好空身跑。他常常跑在前面，不见了，然后忽然从草丛中冲出来。他总是及时收住脚步，从未撞倒过孩子。卖豆腐的老人有时扔给鲁鲁一块肉骨头，鲁鲁便给他作揖，引得老人哈哈大笑。姐姐弟弟有时和村里的孩子们一起玩，鲁鲁便耐心地等在一边。似乎他对那游戏也感兴趣。

村边有一条晶莹的小溪，岸上有些闲花野草，浓密的柳荫沿着河堤铺开去。他们三个常到这里，在柳荫下跑来跑去，或坐着讲故事。住在邻省T市的唐伯伯，是爸爸的好友，一次到范家来，看见这幅画面，曾慨叹道他若是画家，一定画出这绿柳下、小河旁的两个穿土布衣裳的孩子和一条白狗，好抚一抚战争的创伤。唐伯伯还说鲁鲁出自狗中名门世族。但范家人并不关心这个。鲁鲁自己也毫无兴趣。

其实鲁鲁并不总是好听故事。他常跳到溪水里游泳。他是天生的游泳家，尖尖的嘴总是露在绿波面上。妈妈可不赞成他们到水边去。每次鲁鲁毛湿了，便责备他："你又带他们到哪儿去了！他们掉到水里怎么办！"她说着，鲁鲁抿着耳朵听着，好像他是那最大的孩子。

虽然妈妈责备，因姐姐弟弟保证决不下水，他们还是可以常到溪边去玩，不算是错误。一次鲁鲁真犯了错误。爸爸进城上课去了，他一周照例有三天在城里。妈妈到邻家守护一个病孩。妈妈上过两年护士学校，在这山村里义不容辞地成为医生。她临出门前一再对鲁鲁说："要是家里没有你，我不能把孩子扔在家。有你我就放心了。我把他们两个交给你，行吗？"鲁鲁懂事地听着，摇着尾巴。"你夜里可不能出去，就在房里睡，行吗？"鲁鲁觉得妈妈的手抚在背上的力量，他对于信任是从不辜负的。

鲁鲁常在夜里到附近山中去打活食。这里山林茂密，野兔、松鼠很多。他跑了一夜回来，总是精神抖擞，毛皮发出润泽的光。那是野性的、生命的光辉。活食辅助了范家的霉红米饭，那米是当作工资发下来的，霉味胜过粮食的香味。鲁鲁对米中一把把抓得起来的肉虫和米饭都不感兴趣。但这几天，他寸步不离地跟着姐姐弟弟，晚上也不出去。如果第四天不是赶集，他们三个到集上去了的话，鲁鲁禀赋的狗的弱点也还不会暴露。

这山村下面的大路是附近几个村赶集的地方，七天两头赶，每次都十分热闹。鸡鱼肉蛋，盆盆罐罐，还有鸟儿猫儿，都有卖的。姐姐来买松毛，那是引火用的，一辫辫编起来的松针，买完了便拉着弟弟的手快走。对那些明知没有钱买的好东西，根本不看。弟弟也支持她，加劲地迈着小腿。走着走着，发现鲁鲁不见了。“鲁鲁。”姐姐小声叫。这时听见卖肉的一带许多人又笑又嚷：“白狗要把戏！来！翻个筋斗！会吗？”他们连忙挤过去，见鲁鲁正坐着作揖，要肉吃。

“鲁鲁！”姐姐厉声叫道。鲁鲁忙站起来跑到姐姐身边，仍回头看挂着的牛肉。那里还挂着猪肉、羊肉、驴肉、马肉。最吸引鲁鲁的是牛肉。他多想吃！那鲜嫩的、带血的牛肉，他以前天天吃的。尤其是那生肉的气味，使他想起追捕、厮杀、自由、胜利，想起没有尽头的林莽和山野，使他晕头转向。

卖肉人认得姐姐弟弟，笑着说：“这洋狗到范先生家了。”说着顺手割下一块，往姐姐篮里塞。村民都很同情这些穷酸教书先生，听说一个个学问不小，可养条狗都没本事。

姐姐怎么也不肯要，拉着弟弟就走。这时鲁鲁从旁猛地一蹿，叼了那块肉，撒开四条短腿，跑了。

“鲁鲁！”姐姐提着装满松毛的大篮子，上气不接下气地追，弟弟也跟着跑。人们一阵哄笑，那是善意的、好玩的哄笑，但听起来并不舒服。

等他们跑到家，鲁鲁正把肉摆在面前，坐定了看着。他讨好地迎着姐姐，一脸奉承，分明是要姐姐批准他吃那块肉。姐姐扔了篮子，双手捂着脸，哭了。

弟弟着急地给她递手绢，又跺脚训斥鲁鲁：“你要吃肉，你走吧！上山里去，上别人家去！”鲁鲁也着急地绕着姐姐转，伸出前脚轻轻抓她，用头蹭她，对那块肉没有再看一眼。

姐姐把肉埋在院中树下。后来妈妈还了肉钱，也没有责备鲁鲁。因为事情过了，责备他是没有用的。鲁鲁竟渐渐习惯少肉的生活，隔几天才夜猎一次。和荒野的搏斗比起来，他似乎更依恋人所给予的温暖。爸爸说，原来箪食瓢饮，狗也能做到的。

鲁鲁还犯过一回严重错误，那是无可挽回的。他和菲菲是好朋友，常闹着玩。他常把菲菲一拱，让她连翻几个身，菲菲会立刻又扑上来，和他打闹。冷天时菲菲会离开自己的窝，挨着鲁鲁睡。这一年菲菲生了一窝小猫，对鲁鲁凶起来。鲁鲁不识趣，还伸嘴到她窝里，嗅嗅她的小猫。菲菲一掌打在鲁鲁鼻子上，把鼻子抓破了。鲁鲁有些生气，一半也是闹着玩，把菲菲轻轻咬住，往门外一扔。不料菲菲惨叫一声，在地上扑腾几下，就断了气。鲁鲁慌了，过去用鼻子拱她，把她连翻几个身，但她不像往日一样再扑上来，她再也不能动了。

妈妈走出房间看时，见鲁鲁坐在菲菲旁边，唧唧咛咛地叫。他见了妈妈，先是愣了一下，随即趴在地上，腹部着地，一点一点往妈妈脚边蹭。一面偷着翻眼看妈妈脸色。妈妈好不生气："你这只狗！不知轻重！一窝小猫怎么办！你给养着！"妈妈把猫窝杵在鲁鲁面前。鲁鲁吓得又往后蹭，还是不敢站起来。姐姐弟弟都为鲁鲁说情，妈妈执意要打。鲁鲁慢慢退进了里屋。大家都以为他躲打，跟进去看，见他蹭到爸爸脚边，用后腿站起来向爸爸作揖，一脸可怜相，原来是求爸爸说情。爸爸摸摸他的头，看看妈妈的脸色，乖觉地说："少打几下，行么？"妈妈倒是破天荒准了情，说绝不多打，不过鲁鲁是狗，不打几下，不会记住教训，她只打了鲁鲁三下，每下都很重，鲁鲁哼哼唧唧地小哭，可是服帖地趴着受打。房门、院门都开着，他没有一点逃走的意思，连爸爸也离开书桌看着鲁鲁说："小杖则受，大杖则走。看来你大杖也不会走的。"

鲁鲁受过杖，便趴在自己窝里。妈妈说他要忏悔，不准姐姐弟弟理他。姐姐很为菲菲和小猫难受，也为鲁鲁难受。她知道鲁鲁不是故意的。晚饭没有鲁鲁的份，姐姐悄悄拿了水和剩饭给他。鲁鲁呜咽着舐她的手。

和鲁鲁的错误比起来，他的功绩要大得多了。一天下午，有一家请妈妈去看一位孕妇。她本来约好往一个较远的村庄去给一个病人送药，这任务便落在姐姐身上。姐姐高兴地把药装好。弟弟和鲁鲁都要跟去，因为那段路远，弟弟又不大舒服，遂决定鲁鲁陪弟弟在家。妈妈和姐姐一起出门，分道走了。鲁鲁和弟弟送到庙门口，看着姐姐的土布衣裳的淡黄色消失在绿丛中。

妈妈到那孕妇家，才知她就要临盆。便等着料理，直到婴儿呱呱坠地，一切停妥才走。到家已是夜里十点多了，只见家中冷清清点着一盏煤油灯。鲁鲁哼唧着在屋里转来转去。弟弟一见妈妈便扑上来哭了。"姐姐，"他说，"姐姐还没回家——"

爸爸不在家。妈妈定了定神，转身到最近的同事家，叫起那家的教书先生，又叫起房东，又叫起他们认为该叫的人。人们焦急地准备着灯笼火把。这时鲁鲁仍在妈妈身边哼着，还踩在妈妈脚上，引她注意。弟弟忽然说："鲁鲁要去找姐姐。"妈妈一愣，说："快去！鲁鲁，快去！”鲁鲁像离弦的箭一样，一下蹿出好远，很快就被黑暗吞没了。

鲁鲁用力跑着。姐姐带着的草药味，和着姐姐本身的气味，形成淡淡的芳香，指引他向前跑。一切对他都不存在。黑夜、树木、路旁汩汩的流水，都是那样虚幻，只有姐姐的缥缈的气味，是最实在的。可他居然一度离开那气味，不向前过桥，却抄近下河，游过溪水，又岔上小路。那气味又有了，鲁鲁一点没有为自己的聪明得意，只是认真地跑着，一直跑进了坐落在另一个山谷的村庄。

村里一片漆黑，人们都睡了。他跑到一家门前，着急地挠门。气味断了，姐姐分明走进门去了。他挠了几下，绕着院墙跑到后门，忽然又闻见那气味，只没有了草药。姐姐是从后门出来，走过村子，上了通向山里的蜿蜒小路。鲁鲁一刻也不敢停，伸长舌头，努力地跑。树更多了，草更深了。植物在夜间的浓烈气息使得鲁鲁迷惑，他仔细辨认那熟悉的气味，在草丛中追寻。草莽中的小生物吓得四面奔逃。鲁鲁无暇注意那是什么。那时便有最鲜美的活食在他嘴下，他也不会碰一碰的。

终于在一棵树下，一块大石旁，鲁鲁看见了那土布衣裳的淡黄色。姐姐靠在大石上睡着了。鲁鲁喜欢得横蹿竖跳，自己乐了一阵，然后坐在地上，仔细看着姐姐，然后又绕她走了两圈，才伸前爪轻轻推她。

姐姐醒了。她惊讶地四处看着，又见一弯新月，照着黑黝黝的树木、草莽、山和石。她恍然地说：“鲁鲁，该回家了。妈妈急坏了。”她想抓住鲁鲁的项圈，但她已经太高了，遂脱下外衣，拴在项圈上。鲁鲁乖乖地引路，一路不时回头看姐姐，发出呜呜的高兴的声音。

“你知道么？鲁鲁，我只想试试，能不能也做一个吕克大梦。”姐姐和他推心置腹地说，“没想到这么晚了。不过离二十年还差得远。”

他们走到堤上时，看见远处树丛间一闪一闪的亮光。不一会儿人声沸腾，是找姐姐的队伍来了。他们先看见雪白的鲁鲁，好几个声音叫他，问他，就像他会回答似的。他的回答是把姐姐越引越近，姐姐投在妈妈怀里时，他担心地坐在地上看。他怕姐姐要受罚，因为谁让妈妈着急生气，都要受罚的，可是妈妈只拥着她，温和地说：“你不怕醒来就见不着妈妈了么？”“我快睡着时，忽然害怕了，怕一睡二十年。可是已经止不住，糊里糊涂睡着了。”人们一阵大笑，忙着议论，那山上有狼，多危险！谁也不再理鲁鲁了。

爸爸从城里回来后，特地找鲁鲁握手，谢谢他。鲁鲁却已经不大记得自己的功绩，只是这几天饭里居然放了牛肉，使他很高兴。

又过些时，姐姐弟弟都在附近学校上学了。那也是城里迁来的。姐姐上中学，弟弟上小学。鲁鲁每天在庙门口看着他们走远，又在山坡下等他们回来。他还是在草丛里跑，跟着去买豆腐。又有一阵姐姐经常生病，每次她躺在床上，鲁鲁都很不安，好像要遇到什么危险似的。卖豆腐老人特地来说，姐姐多半得罪了山灵，应该到鲁鲁找到姐姐的地方去上供。爸爸妈妈向他道谢，却说什么营养不良，肺结核。鲁鲁不懂他们的话，如果懂得，他一定会代姐姐去拜访山灵的。

好在姐姐多半还是像常人一样活动，鲁鲁的不安总是短暂的。日子如同村边小溪潺潺的清流，不慌不忙，自得其乐。若是鲁鲁这时病逝，他就是世界上最幸福的狗了。但是他很健康，雪白的长毛亮闪闪的，身体的线条十分挺秀。没人知道鲁鲁的年纪，却可以看出，他离衰老还远。

村边小溪静静地流，不知大江大河里怎样掀着巨浪。终于有一天，日本投降的消息传到这小村，整个小村沸腾了，赛过任何一次赶集。人们以为熬出头了。爸爸把妈妈一下子紧紧抱住，使得另外三个成员都很惊讶。爸爸流着眼泪说："你辛苦了，你太辛苦了。"妈妈呜呜地哭起来。爸爸又把姐姐弟弟也揽了过来，四人抱在一起。鲁鲁连忙也把头往缝隙里贴。这个经历了无数风雨艰辛的亲爱的小家庭，怎么能少得了鲁鲁呢。

"回北平去！"弟弟得意地说。姐姐蹲下去抱住鲁鲁的头。她已经是一个窈窕的少女了。他们绝没有想到鲁鲁是不能去的。

范家已经家徒四壁，只有一双宝贝儿女和爸爸几年来在煤油灯下写的手稿。他们要走很方便。可是还有鲁鲁呢。鲁鲁留在这里，会发疯的。最后决定带他到 T 市，送给爱狗的唐伯伯。

经过一阵忙乱，一家人上了汽车。在那一阵忙乱中，鲁鲁总是很不安，夜里无休止地做梦。他梦见爸爸、妈妈、姐姐和弟弟都走了。只剩下他，孤零零在荒野中奔跑。而且什么气味也闻不见，这使他又害怕又伤心。他在梦里大声哭，妈妈就过来推醒他，然后和爸爸讨论："狗也会做梦么？""我想——至少鲁鲁会的。"

鲁鲁居然也上了车。他高兴极了，安心极了。他特别讨好地在妈妈身上蹭。妈妈叫起来："去！去！车本来就够颠的了。"鲁鲁连忙钻在姐姐弟弟中间，三个伙伴一起随着车的颠簸摇动，看着青山慢慢往后移；路在前面忽然断了，转过山腰，又显现出来，总是无限地伸展着……

上路第二天，姐姐就病了。爸爸说她无福消受这一段风景。她在车上躺着，到旅店也躺着。鲁鲁的不安超过了她任何一次病时。他一刻不离地挤在她脚前。眼光惊恐而凄凉。这使妈妈觉得不吉利，很不高兴。“我们的孩子不至于怎样。你不用担心，鲁鲁。”她把他赶出房门，他就守在门口。弟弟很同情他，向他详细说明情况，说回到北平可以治好姐姐的病，说交通不便，不能带鲁鲁去，自己和姐姐都很伤心；还说唐伯伯是最好的人，一定会和鲁鲁要好。鲁鲁不懂这么多话，但是安静地听着，不时舐舐弟弟的手。

T 市附近，有一个著名的大瀑布。十里外便听得水声隆隆。车经这里，人们都下车到观瀑亭上去看。姐姐发着烧，还执意要下车。于是爸爸在左，妈妈在右，鲁鲁在前，弟弟在后，向亭上走去。急遽的水流从几十丈的绝壁跌落下来，在青山翠峦中形成一个小湖，水汽迷蒙，一直飘到观瀑亭上。姐姐觉得那白花花的厚重的半透明的水幔和雷鸣般的轰响仿佛离她很远。她努力想走近些看，但它们越来越远，她什么也看不见了，倚在爸爸肩上晕了过去。

从此鲁鲁再也没有看见姐姐。没有几天，他就显得憔悴，白毛失去了光泽。唐家的狗饭一律有牛肉，他却嗅嗅便走开，不管弟弟怎样哄劝。这时的弟弟已经比姐姐高，是撞不倒的了。一天，爸爸和弟弟带他上街，在一座大房子前站了半天。鲁鲁很讨厌那房子的气味，哼哼唧唧要走。他若知道姐姐正在楼上一扇窗里最后一次看他，他会情愿在那里站一辈子，永不离开。

范家人走时，唐伯伯叫人把鲁鲁关在花园里。他们到医院接了姐姐，一直上了飞机。姐姐和弟弟为了不能再见鲁鲁，一起哭了一场。他们听不见鲁鲁在花园里发出的撕裂了的、变了声的嗥叫，他们看不见鲁鲁因为一次又一次想挣脱绳索，磨掉了毛的脖子。他们飞得高高的，遗落了儿时的伙伴。

鲁鲁发疯似的寻找主人，时间持续得这样久，以致唐伯伯以为他真要疯了。唐伯伯总是试着和他握手，同情地、客气地说："请你住在我家，这不是已经说好了么，鲁鲁。"

鲁鲁终于渐渐平静下来。有一天，又不见了。过了半年，大家早以为他已离开这世界，他竟又回到唐家。他瘦多了，完全变成一只灰狗，身上好几处没有了毛，露出粉红的皮肤；颈上的皮项圈不见了，替代物是原来那一省的狗牌。可见他曾回去，又一次去寻找谜底。若是鲁鲁会写字，大概会写出他怎样戴露披霜，登山涉水；怎样被打被拴，而每一次都能逃走，继续他千里迢迢的旅程；怎样重见到小山上的古庙，却寻不到原住在那里的主人。也许他什么也写不出，因为他并不注意外界的凄楚，他只是要去解开内心的一个谜。他去了，又历尽辛苦回来，为了不违反主人的安排。当然，他究竟怎样想的，没有人，也没有狗能够懂得。

唐家人久闻鲁鲁的事迹，却不知他有观赏瀑布的癖好。他常常跑出城去，坐在大瀑布前，久久地望着那跌宕跳荡、白帐幔似的落水，发出悲凉的、撞人心弦的哀号。

1980 年 6 月

董师傅游湖

董师傅在一所大学里做木匠已经二十几年了，做起活来得心应手，若让那些教师们来说，已经超乎技而近乎道了。他在校园里各处修理门窗，无论是教学楼、办公楼、教师住宅或学生宿舍，都有他的业绩。在一座新造的仿古建筑上，还有他做的几扇雕花窗户，雕刻十分精致，那是他的杰作。

董师傅精通木匠活，也对校园里的山水草木很是熟悉。若是有人了解他的知识，可能聘他为业余园林鉴赏家。其实呢，他自己也不了解自己。一年年花开花落，人去人来，教师住宅里老的一个个走了，学生宿舍里小的一拨拨来了。董师傅见得多了，也没有什么特别感慨的。家里妻儿都很平安，挣的钱足够用了，日子过得很平静。

校园里有一个不大的湖，绿柳垂岸，柳丝牵引着湖水，湖水清澈，游鱼可见。董师傅每晚收拾好木工家具，便来湖边大石上闲坐，点上一支烟，心静如水，十分自在。

不知为什么，学校里的人越来越多，校园渐渐向公园靠拢。每逢节日，湖上亭榭挂满彩灯，游人如织。一个五一节，董师傅有一天假，傍晚便来到湖边，看远处楼后夕阳西下。天渐渐暗下来，周围建筑物上的彩灯突然一下子都亮了，照得湖水通明。他最喜欢那座塔，一层层灯光勾勒出塔身的线条。他常看月亮从塔边树丛间升起，这时月亮却看不见。也许日子不对，也许灯太亮了。他并不多想，也不期望，他无所谓。

有人轻声叫他，是前日做活那家的女工。她刚来不久，是他的大同乡，名唤小翠。

小翠怯怯地说："奶奶说我可以出来走走，现在我走不回去了。"

董师傅忙灭了烟，站起身说："我送你回去。"想一想，又说："你看过了吗？"

小翠仍怯怯地说："什么也没看见，只顾看路了。"

董师傅一笑，领着小翠在熙攘的人群中沿着湖边走，走到一座小桥上，指点说："从这里看塔的倒影最好。"

通体发光的塔，在水里也发着光。小翠惊呼道："还有一条大鱼呢！"那是一条石鱼，随着水波荡漾，似乎在光辉中跳动。

又走过一座亭子，那是一座亭桥，从亭中可以环顾四周美景。远岸丁香、连翘在灯光下更加似雪如金，近岸海棠正在盛期，粉嘟嘟的花朵挤满枝头，好不热闹。亭中有几副楹联，他们并不研究。

董师傅又介绍了几个景点，转过山坡，走到那座仿古建筑前，特别介绍了自己的创作——雕花窗户。

小翠一路赞叹不已，对雕花窗户没有评论。董师傅也不在意，只说："不用多久，你就惯了，就是这地方的熟人了。大家都是这样的。"

他顿了一顿，又说："可惜的是，有些人整天对着这湖、这树，倒不觉得好看了。"

两人走到校门口，董师傅在一个小摊上买了两根冰棍。两人举着冰棍，慢慢走。一个卖花的女孩跑过来，向他们看了看，转身去找别人了。

又走一时，小翠说她认得路了。董师傅叮嘱小翠，冰棍的木棒不要随地扔。自己转身慢慢向住处走去。他很快乐。

打球人与拾球人

大片的开阔的青草地，绿茸茸的，一直伸展开去。远处树林后面，可以看见蜿蜒的青山。太阳正从青山背后升起，把初夏的温和的光洒向这个高尔夫球场。

谢为的车停在球场门前。门旁站着几个球童。排首的一个抢步过来，站在车尾后备厢前，等谢为打开后备厢，熟练地取出球包，提进门去。谢为泊好车，从另一个入口进去，见球包已经在自己的场地上。球童站在旁边，问他是不是先打练习场。

这球童十五六岁，生得很齐整。头发漆黑，眼睛明亮。

“你是新来的？”谢为问。他平常是不和球童说话的。

“来了两个多月了。”球童垂手有礼地回答。

谢为一想，果然自己两个多月没打球了。事情太多，便是今天，也是约了人谈生意。

已经有几个人在练球，白色的球在空中划出一道道抛物线。谢为的球也加入其中，映着蓝天，飞起又坠落。不到半小时，满地都是球，白花花一片。拾球车来了，把球撮起。谢为的球打完了，球童又送来一筐。谢为说他要休息一下，等约的人来了一起下场。来人已不年轻，要用辆小车。

“一会儿我给您开车。”球童机灵地说。这球童姓卫，便是小卫。他们一般都被称为小这小那，名字很少出现。

谢为靠在椅上，看着眼前的青草地，地面略有起伏，似乎与远山相呼应。轻风吹过，带来阵阵草香。侍者送来饮料单，他随意指了一种，慢慢啜着，想着打球时要说的话。

饮料喝完了，他起身走到门口。来了几辆车，不是他要等的人。也许是因为烦躁，也许是因为太阳已经升得很高，有些热了。又等了一阵，还是不见踪影。谢为悻悻地想：架子真大。这一环节不能谈妥，下面的环节怎么办？也许这时正在路上？

手机响了，约的人说临时有要事，不能来了。显然，谢为的约会还不够重要。“那请便。”谢为在心里说，关了手机。

小卫在旁说：“那边有几位先生正要下场，您要不要和他们一起打？”

谢为看着小卫，心想：这少年是个精明人，将来不知会在哪一行建功立业，或者在这纷扰的社会中早早就被甩出去，都很难说。

“好的，这是个好主意。”他说着，向那几位球友走去。

小卫跟着低声问：“车不用了吧？”谢为很高兴。在小卫眼里，他还身强力壮，不需要车。

这边的球友们欢迎他，其中一位女士说，常在报上看到他的名字和照片。他轻易地打进了第一个洞，再往下就落后了。越打越心不在焉，总想着本来要在球场上谈的题目。这题不做，晚上的饭局上谈什么？他把球一次次打飞，他的伙伴诧异地瞪了他几眼。小卫奔跑捡球，满脸是汗。

“呀！”谢为叫了一声，在一个缓坡上趔趄了一下，不留神崴了脚。照说，球场上青草如茵，怎会崴脚，可是他的脚竟伤了。小卫跑过来扶他，满脸关切。小车很快过来了，他被扶上车，几个人簇拥着向屋中去。谢为足踝处火辣辣地痛，但心中有几分安慰。晚上的饭局可以取消了，题目可以一个个向后移了。他本可以有几十个借口取消那饭局，现在的局面是最好的借口，尤其是对他自己。

小卫扶他坐在酒吧里，问他要不要用酒擦。

谢为问：“有没有二锅头？”酒童说只有两百八十元的。谢为不在意地说：“就用这个。”侍者取来，小心地斟出一杯。

小卫帮他脱去鞋袜，见脚面已经红肿了。小卫把酒倒在手心，在脚面轻轻揉搓。

“真对不起，”球场经理小跑着赶过来，赔笑道，“已经叫人去检查场地了。先生的卡呢？今天的费用就不能收了。”说话时搓着两手，这动作是他新学的，他觉得很洋气。

谢为只看着那酒瓶。经理敏捷地说：“这瓶酒当然也不收费。”

谢为慢慢地说：“不要紧的，是我自己不小心。”

经理对小卫说：“轻一点。”又对谢为说，“能踩刹车吗？多休息一会儿罢。”

谢为离开时，给了小卫三张纸。小卫扶他上车，又把球包和酒瓶都放好。

小卫回到球场，仍奔跑着捡球，他很满意这一天的收入，他要寄两百元给母亲，并给妹妹买一本汉语字典。

稻草垛咖啡馆

阿虎是小名，叫阿虎便有一些希望他做大事的意思。因为不是阿狗阿猫，是虎。阿虎曾经在一家名气很大的公司工作，并任本地区分公司总经理。他很聪明，经营有术，生意发达，很得领导层的重视。都传说他要高升了，升任集团中更高的职务，便有那相熟的人准备下庆祝宴会。可是出乎人们意料，他不但拒绝高升，连本来的位置也辞掉了，害得大家好不扫兴。

过了些时，一个街角出现了一家小咖啡馆。进门处有一幅大画，画着大大小小的稻草垛，这就是咖啡馆的名字。不像时下一些店铺喜用洋文，它就是简简单单的“稻草垛”，让人想起阳光和收获，似乎还有些稻草的香味，混杂在浓郁的咖啡香味里。

阿虎的大名叫雷青虎，妻子名闪白凤。白凤是个心高气傲的女子，她可不是容易改变生活方式的。为了阿虎要换工作，他们已经讨论了几年，两人甚至准备分道扬镳，迟延不决是因为五岁的儿子不好安排。白凤说：“我们总不能跟着你喝西北风吧。”

几个月前，公司的一位高层管理人员在办公室猝死。有人说是自杀，有人说是他杀，总之他突然离开了这个世界。这事被大家谈论了一阵，慢慢就淡忘了，却为阿虎的主张增加了砝码。白凤一时深感人生无常，不再需要劝说，便随他离开高楼，到街角开了这家咖啡馆。

他们离开了大公司的钩心斗角，那里每个人身上都像长满了刺，每个人都必须披盔戴甲。小咖啡店就自由多了，他们还烤面包，做糕点，也做一些简单的菜肴，不久这稻草垛就出了名。

“拿铁咖啡，大杯的，一份鹅肝酱。”

“来一份黑森林蛋糕。”

常有人下班后在这里吃点什么，看看街角的梧桐树。如遇细雨霏霏，便会坐得很久。有些顾客是阿虎从前的同事，他们说：“你的咖啡馆眼看又兴旺起来了，还不开个连锁店？你是个能成功的人，要超星巴克，谁也挡不住。”

阿虎笑笑，说：“成功几个子儿一斤？人不就是一个身子，一个肚子吗？”他记得小时父亲常说，鷦鷯巢林，不过一只；偃鼠饮河，不过满腹。不过他不对旧同事说这些，说了他们也不懂。

阿虎的父亲是三家村的教书先生，会背几段《论语》，几篇《庄子》。不过几千字的文章，他不但自己受用、教育儿子，乡民也跟着心平气和。阿虎所知不过几百字，常想到的也不过几十字，却能让他知道人生快乐，不和钱袋成正比。

白凤没有这点哲学根底，对阿虎不肯扩大再生产，心里不以为然。她说阿虎不求上进，两人不时闹些小别扭。阿虎就引导太太发展业余爱好，有时关了小店和太太到处逛，一次甚至到巴西踢了一场足球，不是看，是踢。

一个初秋的黄昏，空中飘着细雨，店里人很少，两个帮手都没有来，店中只有阿虎一人照料。一个老年人拄着拐杖走进来，拐杖是那种有四个爪的。他也许中风过，走路有些不便，神态依然安闲。他是小店的常客，似乎住得不远，从来不多说话。他照例临窗坐了，吩咐一杯咖啡。他的咖啡总是要现磨的，阿虎总愿意亲自做。他先递上报纸，转身去做咖啡。咖啡的香味弥漫在小店中，阿虎常觉得，这香味给小店染上了一层咖啡色，典雅而又温柔。

咖啡送到老人手中，老人啜了一口，满意地望着窗外。雨中的梧桐树叶子闪闪发亮，可能有风，两片叶子轻轻飘落，飘得很慢。

老人忽然大声说："树叶落了。又一次落叶了。"阿虎一怔，马上明白，这是老人自语，不必搭话。

这时门外走进一位瘦削的女子，衣着新式，都是名牌。阿虎认得，这是一家大公司的副总，从没有来过，忙上前招呼。

女子挑了一张靠近街角的桌子坐了，要了一杯卡布奇诺咖啡，笑笑说："早就听说你这家店了，果然不错，一进门的稻草垛就不同寻常。"

记得有一次大型活动，阿虎也在场，那时这位副总穿一件带银白毛皮领的淡紫色衣裙，代表公司讲话，赢得不少赞叹。在生意场中，她的精明能干、美貌出众是人人皆知的，现在容颜很是憔悴，分明老了许多。

阿虎微叹说："大家还是那么忙？歇一会儿吧。"送上一碟松子，自去调制咖啡。

女子不在意地打量店内陈设，看到窗前坐着的老人，有些诧异。略踌躇后，站起身，向老人走去。老人还在看着窗外的梧桐树，也许在等下一片叶子的飘落。

“您是——”女子说出老人的名字。

老人转过目光，定定地看着女子，过了一分钟，有礼貌地说：“你认得我？”

女子微笑道：“二十年前，我曾给您献过花。前年我们组织论坛，您还有一次精彩的演讲。”

老人神情木然，过去的事物离他已经很遥远了。

女子又说：“您不会记得我。”随即说出自己的名字，又粲然一笑，似乎在笑自己的报名。

名字对老人没有作用，那笑容却勾起一张图片。

他迷惘地看着女子，眼前浮出一个可爱的小姑娘，光亮的黑发向后梳成一根单辫，把一束鲜花递给他，转身就走，跑下台阶，却又回头，向他一笑。

过了十年，有一次论文答辩，一位要毕业的女学生和评委们激烈辩论，是他最后做出裁决。那位女学生也是这样粲然一笑说，她曾给他献过花。他记起她的笑容，不觉说：“你长大了。”

又是十年，他不大记得那次论坛，他的脑海的装载已经太多了。他接受过许多献花，也参加过多次论文答辩，现在印象都已经模糊了。这几次重叠的笑容，翻开了他脑中发黄的图片，过几天又可能消失了。

眼前的女子已经不是水灵灵的小姑娘、大姑娘，而是一副精力透支、紧张疲惫的模样，擦多少层各种高价面霜也遮掩不住。他如果说话，就会说：“你变老了。”也许他见到的和他想到的并不是同一个人。

女子坐在老人对面，忽然倾诉说：“我太累了，真没有意思。”稍顿了一下，又说，“您看见水车了吗？水车在转，那水斗是不能停的，只能到规定的地方把水倒出来。水倒空了，也就完了，再打的水就是别人的了。”

老人神情依旧木然，手脚忽然都颤动了一下。阿虎端了咖啡来，听见这段话，心头也颤了一下。

“我会老的。”女子对老人说。看着那满头白发，心里想：“像您一样。”

“也会死的。”阿虎心想，“我们都会死。”

阿虎回到操作间，见白凤正站着发呆。她从后门进来，听见客人谈话。

“我想你是对的。”她对阿虎说。

雨丝还是轻轻飘着，阿虎主动端了一杯咖啡，放在女子面前，说：“请你。”女子喝着，不再说话。

老人默坐，又聚精会神地看着梧桐树。又一片叶子落了。

客人走了，阿虎两人心里都闷闷的，提早关了店门。迎门挂着那幅招牌画，一个个大大小小的稻草垛，这是他们的靠山，他们不需要再多了。

不久又有消息，说这条街的房屋都要拆了，要建一座大厦。他们可能还得回到楼底，找一个角落开一家小店讨生活。店名还叫稻草垛。

画痕

大雪纷纷扬扬，大片的雪花一片接着一片往下落，把整个天空都塞满了。这城市好几年没有这样大的雪了。

逯冬从公共汽车上下来，走进雪的世界，他被雪裹住了，无暇欣赏雪景，很快走进一座大厦，进了观景电梯。这时看着飞扬的雪花，雪向下落，人向上升，有些飘飘然。他坐到顶，想感受一下随着雪花向下落的感觉，便又乘电梯向下。迷茫的雪把这城市盖住了，逯冬凑近玻璃窗，仔细看那白雪勾勒出的建筑的轮廓，中途几次有人上下，他都不大觉得，只看见那纷纷扬扬的雪。

电梯再上，他转过身，想着要去应试的场面和问题。他是一个很普通的计算机工程师，因母丧，回南方小城去了几个月。回来后原来的职位被人占了，只好另谋出路，现在来这家公司应试。

电梯停下了，他随着几个人走出电梯。

这是一个大厅，很温暖。许多人穿着整齐，大声说笑，一点不像准备应试的样子。有几个人好奇地打量逯冬，逯冬也好奇地打量这大厅和这些人。他很快发现自己走错了地方，他要去二十八层，而这里是二十六层。

他抱歉地对那些陌生人点点头，正要退出，一个似乎熟识的声音招呼他：“逯冬，你也来了。”这是老同学大何。大何胖胖的，穿一身咖啡色西服，打浅色领带，笑眯眯有几分得意地望着逯冬。“你来看字画吗？是要买吗？”

逯冬记起听说大何进了拍卖这一行，日子过得不错，是同学里的发达人家。

“我走错了。提早出了电梯。”逯冬老实地说。

“来这里都是有请柬的，不能随便来。”大何也老实地说，“不过，你既然来了何不看看？我记得你好像和字画有些关系。”

大何所说的关系是指逯冬的母亲是位画家，同学们都知道的。大何又加一句：“你对字画也很爱好，有研究。”他很欣赏自己的记性。

逯冬不想告诉他，母亲已于两个月前去世，只苦笑道：“我现在领会，艺术都是吃饱了以后干的活儿。”

大何请逯冬脱去大衣，又指一指存衣处。逯冬脱了大衣，因想着随时撤退，只搭在手上。他为应试穿着无扣的西服上装，看上去也还精神。

他们走进一道木雕隔扇，里面便是展厅了。有几个人拿着拍卖公司印刷的展品介绍，对着展品翻看。大何想给逯冬一本介绍，又想：他反正不会买的，不必给他。逯冬也不在意，只顾看那些展品。因前两天已经预展过了，现在观众并不多。他先看见一幅王铎的字，他不喜欢王铎的字。又看见一幅文徵明的青绿山水，再旁边是董其昌《葑泾访古图》的临摹本，似是一幅雪景。他往窗外去看雪，雪还在下，舒缓多了，好像一段音乐变了慢板。又回头看画，这画不能表现雪的舒缓姿态，还不算好。

逯冬想着，自嘲大胆，也许画的不是雪景呢。遂想问一问，这是不是雪景。“葑”到底是什么植物？以前似乎听母亲说过这个字，也许说的就是这幅画，可是“葑”究竟什么样子？近几年，还有个小说中的人物叫什么葑。

大何已经走开，他无人商讨，只好又继续看。还是董其昌的字，一幅行书，十分飘逸。他本来就喜欢董字，后来知道“读万卷书，行万里路”这八个字是董其昌说的，觉得这位古人更加亲切。旁边有人低声说话，一个问：“几点了？”他忽然想起了应试，看看表，已经太晚了，好在明天还有一天，索性看下去。

董其昌的字旁边挂着米友仁的字，米家，他的脑海里浮起米芾等一连串名字，脚步已经走到近代作品的展区，一幅立轴山水使他大吃一惊。这画面他很熟悉，他曾多次在那云山中遨游，多次出入那松林小径。云山松径都笼罩着雪意，那似乎是活动的，他现在也立刻感觉到雪的飞扬和飘落。当他看到作者米莲予时，倒不觉惊奇了。这是米莲予的作品，米莲予就是他不久前去世的母亲。

逯冬如果留心艺术市场，就会知道近来米莲予的画大幅升值，她的父亲米颙的字画也为人关注。近一期艺术市场报上便有大字标题：米家父女炙手可热。可能因为米莲予已去世，可是报上并没有她去世的消息。米莲予的画旁便是米颙的一幅行书，逯冬脑子里塞满了记忆的片段，眼前倒觉模糊了。

他记得儿时的玩具是许多废纸，那是母亲的画稿，她常常画了许多张，只取一两张。逯冬儿时的游戏也常是在纸上涂抹，他的涂抹并没有使他成为艺术家，艺术细胞到他这里终止了。他随大流学了计算机专业，编软件还算有些想象力。有人会因为他的母系，多看他两眼。外祖一家好几代都和字画有不解之缘，母亲因这看不见的关系，“文革”中吃尽苦头，后来又因这看不见的关系被人刮目相看，连她自己的画都被抬高了。喜欢名人似乎是社会的乐趣。米莲予并不在乎这些，她只要好好地画。她的画大都赠给她所任教的美术学校，这幅画曾在学校的礼堂展览过。有的画随手就送人了，家里存放不多。

“看见了吗？”大何不知何时走到他身边，“你看看这价钱！”

逯冬看去，仔细数着数字后面的零。一万两千，十二万，最后弄清是一百二十万。

大何用埋怨的口气说：“这些画，你怎么没有收好。”

逯冬不知怎样回答。母亲似乎从没有想到精神的财富会变成物质的财富。事物变化总是很奇妙的。

他又看米颙的行书。这是一个条幅，笔法刚劲有力，好几个字都不认得。他们这一代人是没有什么文化的。他念了几遍，记住两句：只得绿一点，春风不在多。

大何又发评论：“这是你的外祖父？近人的画没有，祖上总会留下几幅吧？”

逯冬摇头，“文革”中早被人抄走了，也许已经卖到不知什么地方去了。他想，却没有说。

拍卖要开场了，大何引逯冬又走过一道隔扇，里面有一排排座椅。有些人坐在那里，手里都拿着一个木牌。大何指给他一个座位。人声嗡嗡的，逐渐低落。一个人简单讲话后，开始拍卖。

最先是一副民初学者写的对联。起价不高，却无人应，主持人连问三次，没有卖出。接下来是一幅画，又是一幅字，拍卖场逐渐活跃。逯冬看见竞拍人举起木牌，大声报价，每次报价都在人群中引起轻微的波动。又听见槌子咚地一敲，那幅字或画就易手了。轮到米莲予的那幅《松山雪意图》时，逯冬有几分紧张。母亲的画是母亲的命，一点点从笔尖上流出来的命，现在在这里拍卖，他觉得简直不可思议。

“一百二十五。”一个人报价，那“万”字略去了。

“一百三十。”又一个人报价。

逯冬很想收回母亲的作品，把这亲爱的画挂在陋室中，像它诞生时那样。可是他没有力量，现在还在找工作，无力担当责任。这是他的责任吗？艺术市场是正常的存在，艺术品是属于大家的。

“二百二十。”有人在报价。报价人坐在前面几排，是个瘦瘦的中年人。他用手机和人商量了许久报出了这个价钱。

场上有轻微的骚动，然后寂然。

“二百二十万！”主持人清楚地再说一遍，没有回应。主持人第三遍复述，没有回应。槌声咚地响了。《松山雪意图》最后以二百二十万元的价钱被人买走。

逯冬觉得惘然而又凄然，这真是多余的感觉。他无心再看下面的拍卖，悄然走出会场。

大何发觉了，跟了过来，问：“感觉怎样？”逯冬苦笑。

“这儿还有一幅呢。”大何指着厅里的一个展柜，引逯冬走过去，一面说，“我们用不着多愁善感。”

展柜里平放着几幅小画，尺寸不大。逯冬立刻被其中一幅吸引，那是一片鲜艳的黄色，亮得夺目。这又是一张他十分熟悉的画，母亲画时，他和父亲逯萌都在旁边看，黄色似要跳出纸来。“是云南的油菜花，还是新西兰的金雀花？”父亲笑问，他知道她哪儿也没有去过。画面远处有一间小屋，那是逯冬的成绩，十五岁的逯冬滴了一滴墨水在那片黄色上。母亲添了几笔，对他一笑，说：“气象站。”逯冬看见了作者的名字——米莲予，还有图章，是逯萌刻的，“米莲予”三个字带着甲骨文的天真。这图章还在逯冬的书柜里。逯冬叹息，父亲去世过早，没有发挥他全部的学识才智。画边又有一行小字，那是米家的一位熟朋友，这幅画是送给她的，因为她喜欢。她拿着画，千恩万谢，说这是她家的传家宝。

“这画已经卖了，五十万元。”大何说。逯冬点点头，向大何致谢，走进电梯。

雪已停了，从电梯里望下去是一片白。逯冬走出大厦，在清新的空气中站了一会儿。

“明天再来应试。”他想，大步踏着雪花，向公共汽车站走去。

图书在版编目（CIP）数据

丁香结 / 宗璞著 ; 柳恩铭导读. -- 武汉 : 长江文艺出版社, 2022.9(2024.10 重印)
（暖心美读书 : 名师导读彩插版）
ISBN 978-7-5702-2685-6

Ⅰ. ①丁… Ⅱ. ①宗… ②柳… Ⅲ. ①中国文学一当代文学一作品综合集 Ⅳ. ①I217.2

中国版本图书馆 CIP 数据核字(2022) 第 069660 号

丁香结
DINGXIANG JIE

责任编辑：刘　洋　张艺臻　　责任校对：毛季慧
整体设计：一壹图书　　责任印制：邱　莉　胡丽平

出版：长江出版传媒 | 长江文艺出版社
地址：武汉市雄楚大街 268 号　　邮编：430070
发行：长江文艺出版社
http://www.cjlap.com
印刷：崇阳文昌印务股份有限公司

开本：720 毫米×980 毫米　1/16　印张：11.25　插页：4 页
版次：2022 年 9 月第 1 版　2024 年 10 月第 5 次印刷
字数：118 千字

定价：27.00 元